文化叢刊

詩經與楚辭

吳宏一著

自序

這本書是根據「中山文庫」的《詩經與楚辭》修訂而成的。

劉眞先生主持的中山學術文化基金會，從一九九四年起，開始出版「中山文庫」，分爲人文、社會、科技三類，由曾濟群先生擔任總編輯，至二〇〇三年爲止，共出書一百種。其中人文類三十四種，由筆者策劃編輯，這本《詩經與楚辭》就是其中之一，並由筆者撰寫。初版於一九九八年十一月，主要是由基金會及台灣省教育廳印贈台灣中學以上公私立學校及各鄉鎭圖書館；次年再版，由台灣書店公開發售。後來直屬教育廳的台灣書店，因廢省而結束營業，因而此書雖已售罄，卻因種種限制，一直沒有機會重新印行。

一九九八年八月，筆者再度赴香港中文大學任教。記得二〇〇〇年左右，曾有大陸某著名學者表示，購得此書再版本，覺得筆者合論《詩經》與楚辭，似開前人所未有。他後來竟然參考拙著的組織體例，另外找人合著同名專書一種，自二〇〇二年出版以後，一直風行至今，筆者始則不知，後來發覺此事，每每爲拙著不能再版而扼腕不已。

去年夏秋之際，退休返台，與林載爵先生談起此事原委，並二次與中山基金會聯繫，乃決定修訂後交聯經發行。本來想改易書名，多加增訂，但因正從事其他專書的寫作，時間有限，因此目前只能修訂原書中的一些疏漏處，並增補若干資料。必須聲明，此書原爲大中學生及一般社會人士了解中國古代人文而作，因此，文字力求淺近，書中所徵引的材料、見解也不會一一詳注出處。希望讀了此書之後，若有進一步研討的興趣，可以參考書後附錄一，按圖索驥，自行研讀。

退休返台半年多，一直忙於整理舊稿，深居而簡出，偶與親友相聚，卻聽到不少世風日下、人心不古的感慨，甚至有人告訴我，久已不看報紙和電視。我聞之憫然，但覺得在此環境之中，讀書人眞的沒有悲觀的權利。所以，我決定此後在中國古代人文的範圍內，多介紹一些經典，供有心人參考，希望能對世道人心貢獻自己一點點微薄的力量。

是爲序。時二〇一〇年二月八日。

目次

緒言

詩經與楚辭在中國文學史上的地位

有人說：黃河和長江是華夏文明的源頭，《詩經》和《楚辭》則是中國詩歌的源頭。非常巧合的是，《詩經》和《楚辭》產生的地區，正好是在黃河和長江流域。黃河黃，長江長，他們發源於深山邃谷，越過千山萬壑，奔騰萬里，縱橫大地，眞可謂是源遠而流長，光映千秋，澤被百代。同樣的道理，在中國詩歌的長河裡，《詩經》和《楚辭》一樣的源遠流長，一樣的光芒萬丈。它們對後世文學的影響，既廣且深，是其他的文學作品難以比擬的。

《詩經》，原來只叫做《詩》，或《詩三百》，或《三百篇》。到了戰國末年，它才和《易》、《書》、《禮》、《春秋》等書，被儒家尊稱爲「經」。著成的年代，最早的詩篇，大約在西周初年，最遲的已在春秋中葉。產生的地域，除了極少數的篇章，來自現在湖北北部江漢一帶之外，其餘各篇大約都在現在的黃河流域，陝西、山西、河南、河北、山東等省境內。它包含了這段期間、這些地域的民間歌謠、士大夫作品和祭祀的頌辭。全部有三一一篇，其中〈小雅〉裡的〈南陔〉、〈白華〉、〈華黍〉、〈由庚〉、〈崇丘〉、〈由儀〉等六篇，只有篇名沒有詩，所以實際上只有三百零五篇。稱它爲《詩三百》或《三百篇》，都是取其整數而言的。

因爲從孔子以後，《詩經》傳世的本子，和我們今天所能看到的，已經沒有什麼太大的不同，所以歷來的學者，習慣上都稱《詩經》是中國最早見的一部詩歌總集。不過，也有人不贊同這種說法，理由是：

一、西漢的司馬遷和東漢的王充等人，都曾經說古詩有三千篇，孔子去其重複，才刪成三百零五篇的。古詩是否眞有三千篇，固然查無實據，但一定事出有因。

二、周朝統治五百多年的漫長時間裡，在幾百萬平方公里的廣大土地上，有十五個地域或國家，要說是只產生三百零五篇的詩歌作品，恐怕講不通。

三、據古籍的記載，《詩經》的逸詩，有據可查的，約有百篇之多，由此可見漢代以來所流傳的《詩經》，不能反映周代詩歌的全貌。

這些理由，除了第三點還可商榷之外，可以說是都言之成理，因此，現在也有學者認爲

《詩經》只能說是中國最早見的一部詩選集。

同樣的，《楚辭》的成書，是西漢末年的劉向，輯選屈原、宋玉、賈誼等人的作品而成；東漢末年的王逸，據此纂成《楚辭章句》。王逸的這部書，流傳後世，既久且廣。因此，《四庫全書總目提要》（下文簡稱《四庫提要》），就將它列在四部的集部之首，並且稱之爲總集之祖。顯然是把劉向、王逸所輯的《楚辭》本子，當成楚辭作品的總集了。

這種說法，自然有人反對。有學者指出，劉向所輯選的《楚辭》，現在已亡佚，但可從王逸的書中推測得知，他所要編集的，事實上只是紀念屈原的集子。因此，書中所收，不過是屈原的辭賦，和後來追愍屈原、模擬屈賦的若干楚辭作品而已。也因此，不能說是楚辭的總集。否則，唐勒、景差以及秦漢以後的楚辭作家的一些作品，是沒有理由遺漏的。

做爲書名專稱的《楚辭》，和一般泛稱的楚辭，意義有所不同。一般泛稱的楚辭，指的原是戰國後期，流行於南方楚地的一種新詩歌，主要的作家有屈原、宋玉等人。從《史記》、《漢書》等相關史料看，「楚辭」這個名稱，是從西漢初年才開始出現的，指的就是屈、宋等人的作品。甚至有時候專指屈原的作品而言。這些作品，「書楚語，作楚聲，紀楚地，名楚物」，富於個人的或地方的色彩，和《詩經》頗不相同。相對於《詩經》，這些作品在句中句尾大量應用「兮」、「些」、「只」等語氣詞，和「之」、「乎」、「於」、「夫」、「而」等虛字，加上句式參差錯落，不像《詩經》大抵以四言爲主，因而深具起伏迴宕的韻味。此僅就修辭一端言之，還不包括內容、結構等等方面的差異。這種新詩歌體制，漢初以後模仿的人不少，他們所寫的作品，習慣上也稱之爲楚辭。例如漢代的東方朔、王褒等人，並不是楚人，但他們追慼屈原、模擬屈賦的作品，也通稱爲楚辭。可見楚辭的意義，後來把範圍擴大了很多。

《楚辭》做爲書名專稱時，指的就是上文說過的劉向、王逸等人所輯選的楚辭集子，事實上是以屈原爲主。因此，有人解釋《楚辭》時，說它是戰國時代傑出詩人屈原最富有地方特色的作品集，也不算錯。

屈原的爲人，忠烈廉潔；屈原的作品，精采絕艷。劉勰《文心雕龍・辨騷》篇就說「其衣被詞人，非一代也」。可見他對後世影響的深遠，足可與《詩經》相提並論。

黃河、長江在華夏大地上，澤被萬里；《詩經》、《楚辭》在中國文學史上，也輝映千秋。假使我們想要溯流尋源，認識中國詩歌，乃至中國文學、中國文明，就不能不讀《詩經》、《楚辭》。

上編　詩經

第一章
詩經的來歷

一、詩歌的產生

詩歌和音樂、舞蹈一樣，都是古人用來表情達意的工具。當人們遇見了可喜可悲可歌可泣的事情，心中有了特殊的感觸，不管是在生產勞動、談情說愛、征戍行役，或者是在祭祀宴飲的時候，都會想把心中的喜怒哀樂之情表達出來。有時候，光是口頭說說，覺得還不夠，就用嗟嘆的方式來表達；覺得嗟嘆的方式還不夠，就曼聲長吟，用詠唱的方式來表達；假使用詠唱的方式，還不能表達心中的情感，那麼，往往在詠唱之餘，不知不覺的，手也跟著舞起來了，腳也跟著蹈起來了。古代的很多詩歌，應該是在這種情形下產生的①。

在沒有文字以前，這種令人感動的事情，或已經形諸舞詠的詩歌，只有靠先民口耳相傳；有了文字以後，才可以把這些事情或歌辭記錄下來。中國在商、周以前，雖然已經有了文字，但字體歧異，詞彙不多，語法還比較簡單，不容易用來記述繁複的事件和豐富的感情；周朝以後，文字的使用普遍了，進步了，已經可以用比較豐富的詞彙、語法，來記錄寫作。因此，從周朝開始，中國詩歌才能夠逐漸發展起來。

《詩經》這本古人必讀經典所收錄的，就是從西周初年(約西元前十一世紀)以迄春秋中葉或稍晚(約西元前六世紀)，前後大約五百多年間的詩歌作品。

雖然在周朝以前，應該已經有了歌謠樂章產生，所謂「歌詠所興，宜自有生民始也」，例如《墨子・非樂》篇記載夏啓時有〈九歌〉、〈九辯〉等樂章，商湯時有〈晨露〉、〈桑林〉等樂章；《史記・殷本紀》也記載商紂時樂官製作了「北里之舞，靡靡之音」。這些資料都可以說明在《詩經》產生以前，應該早有其他的歌謠樂章傳世。但可惜的是，這些作品

① 此據《詩經・關雎序》「詩者，志之所之也」以下一段文字，加以語譯而成。本書為便於一般讀者閱讀，盡量不「引經據典」，不引原文，所以，以下類此原需交待出處的地方，多不再一一加注說明。

要不是早已亡佚，就是斷簡零篇，殘缺難認，甚至是後人的僞託之作。即使有人說《周易》的卦辭爻辭，保存了不少商、周之際流行的歌謠，也往往是三言兩語，並非完整的詩歌作品。眞正可靠而巋然成書的詩歌集子，應該只有《詩經》。梁啓超在《要籍解題及其讀法》中，就這樣說：

> 現存先秦古籍，眞贋雜揉，幾乎無一書無問題；其實金美玉、字字可信者，《詩經》其首也。

《詩經》的價值，由此可見一斑。不過，這一本詩歌古籍，從寫作的時間說，大約從西周初年到春秋中葉，前後綿延了五百多年；從產生的地域看，除了周王城之外，還涵蓋了當時各諸侯國統治的地區，包括現在陝西、山西、河南、河北、山東、湖北等地，範圍十分遼闊；作者的身分，有平民，有貴族；題材的類別，有愛情、婚姻、征戰、祭祀、宴飮等等，非常繁複多樣。這樣的一本書，大家試想想，就當時的社會狀況來說，交通不發達，通訊不方便，是在什麼情況下才能彙編在一起呢？不僅如此，我們還可以進一步推問：是誰編選成書的？什麼時代編成的？這些問題就會接踵而至。

我以為要談論這些問題，最好是先從「采詩」說起。

二、采詩與獻詩

「采詩」，就是採集詩歌的意思。根據班固《漢書．藝文志》的說法：

古有采詩之官，王者所以觀風俗，知得失，自考正也。

上文說過，詩歌是人們觸景遇物時，不能自已而流露出來的感情，所以從詩歌中最容易觀察風俗民情。古代有些君王為了「觀風俗，知得失」，於是就派專門的官員到民間各地去採集詩篇歌謠。口耳相傳的也好，形諸文字的也好，一概在採集之列。這些官員的名稱，雖然有「行人」、「遒人」、「使者」等等的差異，但他們負責的工作卻是一樣的。

關於這方面的資料，《左傳》的記載是比較早的。《左傳》襄公十四年曾引用《夏書》云：

遒人以木鐸徇於路，官師相規，工執藝事以諫。正月孟春於是乎有之，諫失常也。

根據杜預的注解：「遒人，行令之官也。木鐸，木舌金鈴。徇於路，求歌謠之言。」可見朝廷所派「遒人」這類官員的職務，就是搖著木鐸到民間去採集歌謠之言②。不過，這些從民間採集而來的歌謠之言，未必合樂，所以另有樂工來做協律、配樂或其他校正(例如統一語言或增減章節)的工作。諸侯各國都各有樂工，王朝也有樂工，樂工之長就叫太師。太師不僅掌管協律古樂、典藏舊章和修飾編校的工作，而且還要把它們演唱給諸侯或君王聽。《漢書·食貨志》所說的：

行人振木鐸徇於路以采詩，獻之太師，比其音樂，以聞於天子。故曰：王者不窺牖

②除《左傳》之外，《孟子》、劉歆〈與揚雄書〉、揚雄〈答劉歆書〉等等，也都有王官采詩之說。《孟子·離婁下》有云：「王者之迹熄而詩亡，詩亡然後春秋作。」其中的「迹」字，宋翔鳳《孟子趙注補正》以為當作「迒」。許慎《說文解字》：「迒，古之道人，以木鐸記詩言。讀與記同。」宋翔鳳即據此解釋孟子「王者之迹熄而詩亡」一句，「言王國無遒人之官，而詩遂亡矣。」可見王官采詩，雖無定制，但古代曾經有此事實，則無問題。

戶而知天下。

就是這個意思。這些採集而來的歌謠之言，由地方逐層而及於中央，「鄉移於邑，邑移於國，國以聞於天子」，因此王朝的統治者可以藉此「觀風俗，知得失」，「不窺牖戶而知天下」。

除了「采詩」的說法之外，古書中還同時有「獻詩」的記載。像《國語・周語》中說的：

故天子聽政，使公卿至於列士獻詩，瞽獻曲，史獻書，師箴，瞍賦，矇誦。百工諫，庶人傳語。近臣盡規，親戚補察，瞽史教誨，耆艾修之，然後王斟酌焉，是以事行而不悖③。

所謂「獻詩」，就是指古代君王爲了考察時政，而令公卿以至於列士的大小官員，進獻詩章。這樣說來，獻詩和「采詩」似有不同：「采詩」是官員到民間去採集歌謠之言，獻詩是官員

③《國語・晉語》中也有類似的說法：「古之王者，使工誦諫於朝，在列者獻詩。」其他如《左傳・昭公十二年》也記載了祭公謀父獻詩勸諫周穆王之事，都足以證明獻詩是存在的史實，而非史家虛構。

或貴族所呈獻的詩篇；「采詩」是在上位者有取於下，而獻詩則是在下位者有奏於上。但二者雖似有別，實則一事。因爲公卿至於列士的獻詩，本來亦可在王朝采詩的範圍之內。它們原則上都要經過太師的整理校訂、協律合樂，然後才能上聞於天子。除此之外，據《周禮》說：「太師教六詩」，「大司樂以樂語教國子」，可見太師負責的工作，就是要把采詩獻詩所得，「比其音樂」，加以整理或保管，在適當的時機，演唱給君王或諸侯聽，並且以之教導貴族子弟。因此，有人以爲公卿列士獻詩，太師陳詩，可能有一部分詩是遒人、行人、使者從民間採來的，一部分是官吏、文人的作品。應該是可以採信的。此外，有人以爲我們今天所看到的《詩經》，〈國風〉中大部分的民間詩歌和〈小雅〉中的一些作品，是通過「采詩」而來；〈雅〉、〈頌〉的絕大多數作品，則是周朝歷代掌握詩樂的太師整理、保存而來，其中的政治諷諫詩和一小部分的〈國風〉相關作品，無疑的，就是當時獻詩所得④。這些看法也應該是合理的推測。

孔子以前，周朝民間不興私學，古籍文獻都在王朝宮中，平民要接受教育非常不容易，

④ 以上兩段文字，參閱程俊英《詩經漫話》和張啟成《詩經入門》等書。下文凡參考近人時賢論著，除於書後附錄注明書目外，不一一加注說明。

加上交通不方便，資訊不發達，即使是一般的貴族文人，也無從蒐集、編訂像《詩經》這樣的詩歌集子，所以，《詩經》的產生，和古代「采詩」、獻詩的說法，應該有其密切的關係⑤。

通過「采詩」、獻詩的管道，王官到民間採集的詩歌，公卿以至列士所呈獻的作品，以及太師所保存的舊章，周朝歷代的樂官手中，越到後代，累積的資料一定越來越多，經過不停的篩選、整理，加工配樂，我們今天所說的《詩經》，就逐漸的成形了。不過，當時還不稱爲《詩經》，只泛稱爲「詩」而已。它的編纂，既非成於一時，亦非出自一人。它之被編訂成我們今天看到的這個樣子，應該是在孔子採之爲教本以後。

⑤ 采詩、獻詩之說，有人以為出於漢儒的偽託。像夏承燾的〈采詩和賦詩〉（見《中華文史論叢》第一輯），就指出班固《漢書》等所云采詩、獻詩之說，均難成立。但也有學者（如陸曉光《先秦詩說論考》）持肯定的看法，不以為出於後人的偽託。程俊英《詩經漫話》說得好：「周代學在王官，一切書籍、學術都掌握在統治階級手裡，民間無私學，人民是沒有受教育和研究學術的權利的。況交通不便，刻書困難，即使一般貴族文人，也不可能有采集、寫定五百年間十幾國民歌的力量。《詩經》時代的人民口頭詩歌得被保存，能和文人作品一起彙編成冊，這應該歸功於當時采詩、獻詩制度的。」

三、引詩與賦詩

《詩經》的編纂，並非成於一時、出自一人，而且根據資料，我們知道在孔子以前，應該已有早期的本子在流傳，同時有其崇高的地位。《左傳・僖公二十七年》就記載趙衰說過這樣的話：

《詩》、《書》，義之府也。

趙衰稱許《詩經》和《尚書》是義理府庫的話，是魯僖公二十七年（西元前六三三年）時說的，比孔子生年（西元前五五一年）還早了八十二年。足證在孔子之前，《詩經》已有初期本子流傳在世。而且孔子自己也再三強調《詩經》的價值和學習的重要：

不學《詩》，無以言。（《論語・季氏》）

誦《詩》三百，授之以政，不達；使於四方，不能專對。雖多，亦奚以爲！（《論語・

子路》）

小子何莫學夫《詩》？詩可以興，可以觀，可以群，可以怨。邇之事父，遠之事君，多識於鳥獸草木之名。（《論語‧陽貨》）

從孔子的話中，可以看出《詩經》有其實用功能：可以嫺習辭令，以為應對之用；可以通曉世事，以為從政之用；可以涵泳性情，以為修齊之用。孔子這樣看待《詩經》，實際上自有其時代背景。

因為春秋時代，在社會上等階層貴族交往時，流行「賦詩見志」的風氣。諸侯大夫，特別是外交官員，在聘（諸侯各國之間彼此派遣專使訪問）盟（訂立盟約）會（政治聚會）成（相互議和）的場合，往往用含蓄的方式，藉唱誦詩句來表達心中的願望和意見。即使在一般的宴飲酬酢的場合，也可以用它來作為讚美、諷刺或規勸的工具。假使公卿大夫在外交場合或政治宴會裡，賦詩不當，或不能了解對方賦詩的用意，就算是失禮的行為了。

這裡所謂「賦詩見志」的「詩」，指的應是孔子以前早期的《詩經》本子。何以見得？這是因為《左傳》和《國語》是春秋時代最可靠的史料，而據後人統計檢索，書中所引的詩句，絕大多數都在流傳後世的《詩經》之內⑥。

賦詩見志的人，在引用《詩經》的詩句時，往往斷章取義，取其一端加以發揮，或明喻，或暗喻，藉以表達意見；而聽別人賦詩時，要明白別人的意思，也必須根據不同的場合、對象、背景，去推測賦詩者的用意。例如《詩經·鄭風·將仲子》一篇，本來是寫一個爲愛情苦惱的女子，爲了禮教而婉拒情人追求的心聲，可是，《國語·晉語》記載：晉公子重耳流亡到齊國時，得到齊桓公的賞識，娶了桓公的女兒姜氏。後來齊姜爲了讓重耳爲政治前途離開齊國，就引用了這首詩的末三句：「仲可懷也，人之多言，亦可畏也！」給重耳聽。原是描寫愛情的詩篇，卻附會了一段見懷思威、爲政治民的大道理，顯然是斷章取義，擴張了原詩的含義。但重耳聽了，卻也能體會她的用意。同樣的，《左傳·襄公二十六年》記載衛侯

⑥參閱顧頡剛〈詩經在春秋戰國時的地位〉（《古史辨》第三冊）、董治安〈從左傳國語看詩三百在春秋時期的流傳〉（董氏《先秦文獻與先秦文學》）等文。董氏所論要點如下：

一、春秋前期，引詩僅二見，無賦詩。春秋中期則引詩賦詩大量出現。

二、《詩三百》在春秋後期之前，已為人們所傳習應用。它應經過多次整理編訂而成。

三、《左傳》、《國語》引用者，多在傳留後世的三百篇之內。

四、今本《詩經》所引用比例最多的是二雅，其次三頌，其次國風。

五、魯國、晉國引詩賦詩風氣最盛。秦、楚等國也不乏其例。

董氏的這些見解，可以和上述采詩、獻詩之說合看。

入晉被囚的事件：晉國爲了報復衛國殺害邊卒，通報齊、鄭二國來晉，一齊譴責衛國。鄭國派去的使者是子展。子展在聚會時，同樣賦了這首詩的末三句。他的意思，雖然也是斷章取義，但當時在場的人，應該都聽得懂。「仲可懷也」，是指晉侯當然値得敬重，「人之多言，亦可畏也！」二句，則是指晉是大國，應該寬讓一點，釋放衛侯，免得被人議論。

斷章取義，還能令人心領神會，則無疑的，賦者和聽者二者之間，一定要有最起碼的共識。在什麼樣情況下，才有共識呢？答案是：似乎大家對《詩經》都必須有一定程度的了解。

《詩經》所收的作品，不管是采詩或獻詩所得，經過太師「比其音樂」以後，基本上都是樂歌，可以依樂而吟唱。因爲是韻文，語言比較含蓄、生動，加上它們所涵蓋的題材內容，包括愛情、婚姻、祭祀、宴飲、戰爭……等等，廣闊豐富，幾乎無所不包，可以應用到很多方面去，做爲大家溝通情感、表達意見的媒介，所以，在春秋時代，雖然諸侯各國之間，方言不同，但爲了遣使來往，有實際需要，要求大夫貴族學習雅言，接受禮樂教育，是不言而喻的事。其中詩歌最便於記誦，也最能微言相感，引起共鳴，也因此，學詩賦詩的風氣，自然隨之而起。《詩經》早期的本子，或許就在這種需求之下，應運而生。而它的實用社會功能，也就由此可以窺見一斑了。

班固《漢書・藝文志》說得好：

古者諸侯卿大夫交結鄰國，以微言相感，當揖讓之時，必稱詩以喻其志，蓋以別賢不肖而觀盛衰焉。故孔子曰：「不學詩，無以言」也。春秋之後，周道浸壞，聘問歌詠亦不行於列國。

「稱詩以喻其志」的賦詩風氣，爲什麼到春秋之後，就不行於列國呢？據推測，原因有二：

一、崇尚禮樂的周道衰落了，新起的靡靡之音和世俗之樂，爲人所喜愛。《禮記‧樂記》就記載魏文侯（西元前四四六至三九七在位）曾說：「吾端冕而聽古樂則唯恐臥，聽鄭、衛之音則不知倦」，頭戴禮帽聽古樂，昏昏欲睡，聽新起的俗樂則不覺累，二者的差異，判然有別。《孟子‧梁惠王下》也記載齊宣王（西元前三二〇至三〇一在位）曾說：「寡人非能聽先王之樂也，直好世俗之樂耳。」可見春秋之後，鄭、衛之音等等世俗之樂，取代了周王朝的雅樂。音樂本身發生變化，依樂吟詠的賦詩活動，自然隨之而沈寂了。

二、春秋以前，學在官府，禮樂教育包括學詩、獻詩的活動，限於在上位者的生活圈內。可是從春秋末期起，「學詩之士，逸在布衣」，言詩的風氣已不限於上層社會⑦。

⑦ 參閱董治安《先秦文獻與先秦文學》、蔡守湘主編《先秦文學史》等書。

以上的兩點，就是所謂「周道滯壞」。說到這兒，我們就不能不談孔子和《詩經》的關係了。

四、孔子與詩經

孔子出生在魯國，這是周公教化所及的舊封地，對文化的繼承發揚，古籍的整理保存，都比較注意。《左傳・昭公二年》記敘晉國韓宣子到魯國時，曾經讚歎的說：

周禮盡在魯矣！吾乃今知周公之德，與周之所以王也。

可見周公以後，魯國文化發達的一斑。魯昭公二年，即西元前五四〇年，當時孔子十二歲。孔子生活在這樣的環境裡，儘管後來在政治上不得意，但他創辦私人講學，廣收門徒，有教無類，同時對古代文獻做了一番蒐集、整理的工作。他一方面稱頌周公的美德，一方面感嘆王道的陵夷、禮樂的崩壞，因此，在他蒐集魯、周、宋、杞等故國文獻，重加整理，編成《詩》、《書》等六經教本時，常常以此來教導學生，使他們知所抉擇。這些教本流傳下來，就成為儒家學派的經典。

周予同在〈六經與孔子的關係問題〉一文中，曾經說：根據《史記》的記載，孔子門下弟子前後有三千人，「通六藝者七十有二人」，既然學生那麼多，很難想像他講學授徒時，沒有教本；而且還特別以《詩經》爲例，說明孔子在整理編次這些教本時，可能有所刪訂加工。他的結論是：在孔子以前，《詩經》已有傳本，而且不止一次經過刪訂加工。孔子採爲教本時，亦當如此⑧。

孔子對《詩經》早期傳本的刪訂加工，情況究竟怎麼樣？歷來的說法很不一樣。最早提到這個問題的，是司馬遷的《史記．孔子世家》：

> 古者詩三千餘篇，及至孔子，去其重，取可施於禮義，……三百五篇，孔子皆弦歌之，以求合韶武雅頌之音。

司馬遷的這一段話，後世有人相信，也有人質疑。相信的如班固的《漢書．藝文志》，他說：

---

⑧ 參閱周予同《經學史論著選集》、熊秉溓《中國古代學校教材研究》等書。

「孔子純取周詩，上采殷，下取魯，凡三百五篇」；這是說：古代傳世的詩篇原有三千多篇，孔子把它們刪訂成三百零五篇的。不過，應該提醒讀者，《史記》和《漢書》有關的這兩段文字中，都沒有「刪」這個字。最先明言孔子「刪」詩的，是東漢的王充。他在《論衡・正說篇》中說：

《詩經》舊詩亦數千篇，孔子刪去復重，正而存三百篇。

後來唐初的陸德明，在《經典釋文・序錄》中說得更明確：「孔子最先刪錄，既取周詩，上兼商頌，凡三百一十一篇。」這一種說法後來逐漸衍申，就變成了所謂孔子刪詩之說。

懷疑這一種說法的，根據呂祖謙《呂氏家塾讀書記》的引文，說漢代的孔安國就開始了，後來如唐代孔穎達的《毛詩正義》，根據《左傳》等「書傳所引之詩，見在者多，亡逸者少」，來質疑古詩原有三千多篇及孔子刪詩的說法；尤其是宋代以後，質疑的學者越來越多，自朱熹以迄清儒朱彝尊等人，紛紛提出不贊成的理由。大致說來，他們的主要理由有下列幾點：

一、孔子在《論語》中常提到《詩》和《詩三百》，可見《詩經》在當時已有定數。而且他從未有「刪詩」之語。

二、《左傳・襄公二十九年》記載吳公子季札到魯國參觀周樂，魯國樂工為他演奏了〈周南〉、〈召南〉等等，所演奏的次序，和今本《詩經》順序大體相同，這證明孔子之前，《詩經》已有傳本。因為魯襄公二十九年，即西元前五四四年，那時候孔子才八歲，顯然沒有刪詩的可能。

三、《詩經》中的〈鄭〉、〈衛〉等國風，多為情歌，孔子曾經表示過「鄭聲淫」，要「放鄭聲」，但是今本《詩經》卻還保存了這些「靡靡之音」。這要怎麼解釋？上引《史記》也說孔子對古詩只「取可施於禮義」之作，然而像《儀禮》所引用過的逸詩，如〈肆夏〉、〈新宮〉等等，應皆「可施於禮義」，但為什麼反而在摒棄之列呢？

以上所說的理由，都足以否定孔子刪詩的說法。但恰如上文說過的，司馬遷的《史記・孔子世家》和班固的《漢書・藝文志》，都未曾明言孔子刪詩，司馬遷說的只是「去其重」，「三百五篇，孔子皆弦歌之」，這和班固《漢書・禮樂志》所說的「王官失業，雅頌相錯。孔子論而定之」，是可以合讀而窺知其意的。《論語・子罕》篇也說孔子「自衛反魯，然後樂正，雅頌各得其所。」孔子晚年回到魯國之後，對可能不止一種的原有的《詩經》傳本，整理加工，把重複雜亂的篇章加以刪訂，「去其重」，然後核定樂譜，使王官失業以後錯雜失次的雅樂，得復舊觀；「皆弦歌之」，說的已經不只是文字上的編定，而且是想恢復《詩經》原有的制禮作樂的功能了。

經過孔子整理編定的《詩經》，和以前的傳本有所不同。以前的傳本，由太師所掌管，藉以教導貴族，如何陳詩以觀國風，賦詩以明志，到了孔子，他是用來講學授徒，用來討論爲學做人的道理。

五、詩經的流傳

《詩經》的名稱，在孔子的時代，像上文引用的《論語》等資料，都只稱爲《詩》，或《詩三百》，還不叫《詩經》。到了戰國末年，它才和《易》、《書》、《禮》、《春秋》等書，被尊稱爲「經」。不過，《莊子．天運》篇所說的：「丘治《詩》、《書》、《禮》、《樂》、《易》、《春秋》六經」，和《荀子．勸學》篇所說的：「學惡乎始？惡乎終？曰：其數則始乎誦經，終乎讀禮」，他們所說的「經」，其實都是指聯貫成冊的書籍而已，並不一定有特別崇高的地位。到了漢武帝罷黜百家、獨尊儒術以後，認爲孔子整理過的書籍，足爲常法，才尊之爲「經」，並於建元五年（西元前一三六年）設立「五經博士」的專門官職，確立了《詩經》的名稱和地位。從此以後，《詩經》不僅是儒家的經典，而且就像劉勰在《文心雕龍》中所說的：「經也者，恆久之至道，不刊之鴻教也」，變成了古代讀書人禮讚膜拜的對象。現在我們仍然稱之爲《詩經》，不過是約定俗成，沿用前人的稱呼而已。

孔子整理編次的《詩經》本子，相傳是由他的學生子夏傳授下來的，到了秦始皇焚書坑儒的時候，《詩經》也像其他古書一樣被燒掉了。可是，由於它是韻文，便於背誦，又是古代貴族文士必讀的教本，所以靠口耳相傳，它仍然可以完整的保存下來。到了漢代，傳習《詩經》的，有魯、齊、韓、毛四家。

《魯詩》出於魯人申培公，《齊詩》出於齊人轅固生，《韓詩》出於燕人韓嬰。這三家所稱的本子，都是用當時通行的隸書寫成的，所以稱爲「今文經」，也泛稱爲「三家詩」，西漢時，都在朝廷中立有專門的博士。《毛詩》出於魯人毛亨（人稱「大毛公」）、趙人毛萇（人稱「小毛公」）。《毛詩》所傳的本子，是用先秦古文籀書寫成的，所以叫做「古文經」，東漢時，才立於學官。

這今、古文學派，各有其後繼者，爲了爭奪博士職位和學術領導地位，互相批評，爲時久遠。大致說來，東漢以後，《毛詩》逐漸流行，而「三家詩」則逐漸衰微。《齊詩》亡於三國，《魯詩》亡於西晉，《韓詩》亡於北宋，而《毛詩》則因東漢經學大師鄭玄爲之作箋而大行於世。到了唐初，孔穎達奉敕作《毛詩正義》，科舉考試以之爲準，《毛詩》的地位於是更崇高了。我們現在讀的《詩經》，就是《毛詩》。它原名叫《毛詩故訓傳》，是毛公傳下來的，毛亨作的注。至於「三家詩」，現在只剩下《韓詩外傳》，已經無法和《毛詩》爭勝了。

鄭玄兼通今古文，是東漢一代經學大師。他所作的《詩箋》，雖然兼採今文家的說法，參以己見，但主要還是發明《毛詩》旨意，以古文家爲依歸。他接受了孔子「思無邪」的想法，又摘取了孟子「知人論世」的見解，別裁古代的史說，拿來證明那些詩篇是什麼時代作的，爲什麼事而作。這種以史證詩的思想，最先出現在〈詩序〉裡。

所謂〈詩序〉，原指詩篇前面一段題解式的文字。今文經派的「三家詩」，究竟有序無序，很難斷定，即使有，也已亡佚不見了。只有《毛詩》的古序獨存於世，我們就稱爲〈毛詩序〉，簡稱〈詩序〉。相傳〈詩序〉的作者是子夏，但也有人以爲應是東漢的衛宏。

〈詩序〉有「大序」和「小序」之分。鄭玄《詩譜》把〈關雎序〉一大段文字當成「大序」，〈葛覃序〉以下各篇序文看作「小序」。陸德明《經典據文》則引舊說，以爲開頭到「用之邦國焉」爲「小序」；自「風，風也」到末句爲「大序」。姚際恆《古今僞書考》又以爲發端一二語謂之「小序」，以其少也；以下續申者謂之「大序」，以其多也。說法非常紛紜。假使我們採用鄭玄的說法，那麼，「大序」好像總論，旨在說明詩的教化作用；「小序」每篇一則，旨在以史證詩。「大序」所說明的詩的教化作用，似乎就建立在風、雅、頌、賦、比、興所謂「六義」上。六義，可以分爲兩組，風、雅、頌一組，說的是詩的內容質素；賦、比、興一組，說的是詩的形式技巧⑨。下面幾個章節會分別就此加以說明，這裡暫不贅述。

《毛詩正義》是唐太宗貞觀年間詔集儒生纂成的《五經正義》之一，由孔穎達與當時的《毛詩》專家王德韶、齊威等人合力編著，主要是闡釋《毛傳》和《鄭箋》，彙集了漢魏以來大量的文獻資料，可謂「融貫群言，包羅古義」，成爲當時最權威的教科書，也是後代研究《詩經》時必備的參考書。這部書簡稱《孔疏》，現在彙編在《十三經注疏》中，讀者是容易檢閱的。它的好處是資料豐富，考證嚴密，缺點則是拘守「疏不破注」的傳統觀念，難免有迂曲附會的地方。

唐代除了《毛詩正義》之外，陸德明《經典釋文》中的〈毛詩音義〉，對《詩經》的音韻、詞義和異文，多所詮釋，很有參考價值。它和三國時代吳國陸璣的《毛詩草木鳥獸蟲魚

⑨ 參閱拙著《白話詩經》前言。

疏》，是對《詩經》「義疏」之學和「音義」之學的兩部重要著作，爲《詩經》的流傳和研究，開拓了新領域。

到了宋代，風氣丕變，很多學者對漢代《毛傳》、《鄭箋》中的說法，開始質疑。歐陽修的《詩本義》、蘇軾的《詩集傳》、王質的《詩總聞》、鄭樵的《詩辨妄》、王柏的《詩疑》等書，或疑古，或辨僞，大開思辨之風，蔚爲宋學流派。他們多就詩篇的本義去立說，企圖恢復它們的原始面目，不再採信〈詩序〉的說法，甚至斥之爲「村野妄人所作」。最有代表性的著作，是南宋朱熹的《詩集傳》。

朱熹的《詩集傳》，認爲〈詩序〉不合詩的本義，因而棄之不用。他兼採眾說，而出以己意。他肯定了〈國風〉多出於里巷歌謠，是男女相與詠歌的言情之作；他在疏解詩篇章句時，分別標出賦比興的寫作手法；他力求客觀，就詩推求本義，不強爲立說。這些都是此書不落習套的優點。但朱熹卻也同時將《詩經》做爲理學教材，希望讀者透過熟讀諷詠，即文求義，存天理，去人欲，因而提出「淫詩說」，以駁斥漢代以來以詩爲美刺、爲諫書的傳統。他固然還〈國風〉以民間情歌的本來面目，卻又指出這些作品有的是淫奔之詩，應該當做反面教材來閱讀；他既然排斥民間情詩爲淫詩，卻對〈二南〉的〈關雎〉、〈葛覃〉諸篇，贊同毛、鄭所謂「后妃之德」的說法，評曰「斯言得之」。可見他的主張，有相牴牾處。

宋代學者中，力斥毛、鄭之非者，固然不乏其人，但堅守漢學的，也大有人在。像呂祖謙的《呂氏家塾讀詩記》、嚴粲的《詩緝》等都是。不過，相對於朱熹等人宋學流派的澎湃洶湧，這些微弱的聲音，並沒有引起太多人的注意。此外，王應麟的《詩考》，搜輯考訂「三家詩」的遺說，對後代「三家詩」的輯佚工作，有首創之功。

元、明兩代，由於朱熹的《詩集傳》被定爲官方教本，所以學者多墨守朱注，沒有創樹。元代劉瑾的《詩傳通釋》、明代胡廣的《詩經大全》，就是其中的代表。大致說來，在考證方面不如漢唐人縝密，在義理方面不如宋人精深。只有明代何楷的《詩經世本古義》和陳第的《毛詩古音考》，受到後人重視。前者重新編排《詩經》詩篇的次序，不爲朱熹所囿；後者對南北朝以迄朱熹的所謂「叶韻」之說，加以否定，認爲「時有古今，地有南北，字有更革，音有轉移」，因此「古人之書，亦皆有韻」，不像朱熹等人以今音比附古音，依違於叶音可否之間。

清代學術昌盛，著述如林。從清初到康熙年間，因爲清廷大興文字獄，箝制思想言論，所以大多數的學者，只能在故紙堆中討生活。《詩經》學者也因此偏向訓詁考據，而不講求詩篇義理。像陳啓源的《毛詩稽古編》，訓詁一準《爾雅》，篇義一準〈詩序〉，詩旨一準毛、鄭，辨正宋學之失，致力復興漢學。像康熙年間，王鴻緒等人奉敕編纂的《詩經傳說彙纂》，彙集了自漢迄明約二百六十家的學說，對漢、宋流派的意見，兼採並收，作持平之論。從中我們可以看到清初學者之論《詩經》，如何由反對宋學的末流，而逐漸轉向漢學。

乾隆、嘉慶年間，學風特別重視考據，漢學大盛，尤其是漢學中的古文學派。胡承珙的《毛詩後箋》、陳奐的《詩毛氏傳疏》、馬瑞辰的《毛詩傳箋通釋》，就是此中的代表。胡承珙與陳奐時常一起討論《詩經》，他們雖然大抵墨守《毛傳》〈詩序〉之說，但引證賅博，考據詳明，間採眾家之長，辨別是非異同，足為《毛詩》增光。馬瑞辰的《毛詩傳箋通釋》，雖然也重於闡釋《毛傳》、《鄭箋》，但也同時參酌採用「三家詩」說，擇善而從，持論公允，特別是能依聲求義，從文字、聲韻、訓詁入手，來解釋、校勘詩中文字，因而不少獨到之見。

道光、咸豐以後，又有一些學者因為時局的變化，不滿以考據為主的乾嘉學風，因而上溯西漢的今文經學，闡發「三家詩」說的微言大義。魏源的《詩古微》，陳壽祺、陳喬樅父子合輯的《三家詩遺說考》，王先謙的《詩三家義集疏》等書，在王應麟《詩考》的基礎上，蒐羅「三家詩」的遺說，各有成就。其中尤以王先謙的《詩三家義集疏》，堪稱集大成。該書在詩題及詩句下，分別「注」「疏」兩部分，「注」中專列「三家詩」說，「疏」中首列〈詩序〉、《毛傳》及《鄭箋》，然後徵引秦漢以來古籍記載與歷代學者的研究成果，以明「三家詩」的出處淵源，最後則加案語，論斷「三家詩」和〈毛詩〉的得失優劣。層次分明，論析精審。手此一編，「三家詩」的遺說可得大概。

皮錫瑞《經學歷史》書中，說清代是經學復盛的時代，並且說清代經學者在「輯佚書」、「精校勘」、「通小學」三方面，有功於後學。這些話非常中肯。「通小學」，指精通文字、聲韻、訓詁。清代經學者在這方面的成就，除了上述的一些著作外，像顧炎武的《詩本音》、段玉裁的《詩經小學》、江有誥的《詩經韻讀》，乃至王念孫、王引之的《經義述聞》等等，都值得我們注意。

清代的《詩經》學者，在上述的流派之外，能夠逾越漢學、宋學的藩籬，不受今、古文學派的限制，主張就詩篇緣文以求義，從文學角度去賞析的，有姚際恒的《詩經通論》、崔述的《讀風偶識》，和方玉潤的《詩經原始》等。他們沒有宗派門戶之見，獨立思考，詮釋詩義每有創見，賞析字句時有妙語，很能獲得近代以來學者的好感⑩。

清末民初以降，像王國維的《觀堂集林》、吳闓生的《詩義會通》，或能以古文字相印證，或能從形式技巧入手，都別有新意，另有創獲。限於篇幅，其他的名家名著，請參閱書後附錄，這裡就略而不提了。

⑩ 參閱蔣見元、朱杰人合著《詩經要籍解題》等書。

第二章

風雅頌詮說

風、雅、頌的意義，據〈詩大序〉的解釋；風是風刺、感化的意思，雅是正的意思，頌是形容盛德的意思。可以說，這都是按教化作用來解釋的。朱熹的《詩集傳》，則以爲風、雅、頌代表的是作者的不同階級和詩篇的不同意涵。風是民間一般老百姓的作品，內容多屬男女情思；雅、頌的作者是貴族，內容多寫朝廷宴饗和郊廟的祭歌。可是，據近人的研究，這三項分類應該都以音樂得名。風是風謠，是各地方的樂調，國風就是各國風土歌謠的意思；雅就是「夏」，有「正聲」的意思，是周朝直接統治地區的音樂；頌有「形容」的意思，它是一種宗廟祭祀時用的舞曲①。核對上文，我們認爲不管是哪一種說法，都和「采詩」、獻詩以及太師陳詩的說法有關。以下逐項說明。

一、十五國風

《詩經》裡作品的先後次序，是按風、雅、頌三大類來編排的。風，有十五國風，共計一百六十篇。依序是：

〈周南〉十一篇，

〈召南〉十四篇，

〈邶風〉十九篇，

① 從音樂觀點來解釋風、雅、頌，古已有之。如宋代鄭樵《六經奧論》已經說：「風土之音曰風，朝廷之音曰雅，宗廟之音曰頌。」事實上，朱熹《詩集傳》所謂「所謂風者，多出於里巷歌謠之作」、「小雅，燕饗之樂也；大雅，朝會之樂」、「頌者，宗廟之樂歌」，除注重詩篇意涵與作者社會階層之外，也注意到音樂性質的不同。近人從音樂聲調立論的人更多。例如王國維《觀堂集林》卷二〈說周頌〉即云：「竊謂風、雅、頌之別，當於聲求之。頌之所以異於風、雅者，雖不得而知，今就其著者言之，則頌之聲較風、雅為緩也。」

〈鄘風〉十篇，
〈衛風〉十篇，
〈王風〉十篇，
〈鄭風〉二十一篇，
〈齊風〉十一篇，
〈魏風〉七篇，
〈唐風〉十二篇，
〈秦風〉十篇，
〈陳風〉十篇，
〈檜風〉四篇，
〈曹風〉四篇，
〈豳風〉七篇。

這十五國風，既然是從各國採集而來的風土歌謠，它反映的當然是各地的生活風貌，絕大多數的作品都是所謂里巷歌謠言情之作。就其產出的時代、地域和音樂的相近而言，又可分爲下列幾組來加以說明。

(一)〈周南〉、〈召南〉

〈周南〉和〈召南〉合稱「二南」。它們的取名，和周武王時期的周公、召公，關係非常密切。相傳西周初年，周武王命令周公和召公分陜而治。陜，即今河南省陜縣。陜以東的地區，歸屬周公；陜以西的地區，歸屬召公。因為這些地區，在今陜西岐山之南，本來是周朝祖先初建周朝的南疆，所以都稱為「南」。也有人以為「南」，原是一種古代樂器的名稱，後來才演變而成一種地方的曲調。因為這種曲調，起於江漢一帶的所謂「南國」、「南土」或「南邦」，地在岐山南邊，所以稱之為「南」。不過，也有人根據詩篇的內容去分析，例如〈關雎〉篇的「在河之洲」，河是指黃河；〈漢廣〉篇的「江之永矣」，江是指長江。黃河、長江之間有漢水和汝水，這也就是〈漢廣〉篇中所說的「漢有游女」，以及〈汝墳〉篇中所說的「遵彼汝墳」。另外，像〈召南〉中〈草蟲〉一篇的「陟彼南山」，〈殷其靁〉一篇的「在南山之陽」，南山都是指終南山而言。因而可以推知「二南」產生的地區，是在今河南臨汝、南陽以迄湖北的襄陽、江陵等一帶的地方。

〈周南〉收錄了〈關雎〉以下十一篇作品，都沒有事實可考，不容易推定作品產生的時代。根據〈詩序〉的說法，它和〈召南〉都起於西周初年，不過，歷來有些研究者認為〈周南〉的產生地區，應在周公居守的洛陽附近，和〈王風〉的地域相同。洛陽是東周時的都城，因此〈周南〉的詩篇，也可能產生於西周末、東周初年。

〈召南〉收錄了〈鵲巢〉以下十四首詩。雖然歷來認爲它應起於西周初年，但根據後人考證，〈甘棠〉篇中的「召伯」，不是指召公姬奭，而是指周宣王末年征討淮夷有功的召穆公虎；〈野有死麕〉一篇，據《舊唐書・禮儀志》的說法，它應是周平王東遷以後的作品；至於〈何彼襛矣〉篇中「平王之孫，齊侯之子」的「平王」，魏源《詩古微》也認爲是指東周的平王宜臼。因此，有人以爲〈召南〉的產生時代，不會早於宣王之世，晚的已到東周初年了。

當然，也有可能是：「二南」的作品，起先果然是起於西周初年，可是迭經歷代太師整理修改之後，已非原始面目。可惜年代久遠，文獻不足，已經無從查考了。

「二南」的作品，寫愛情、婚姻的詩篇所占比例比較多。特別是寫婚姻的詩篇，包括祝婚、新婚、歸寧、求子、祝福多子多孫等題材，這是其他國風少見的。就其音調而言，「二南」也有它的特色。孔子說是「洋洋乎盈耳」（《論語・泰伯》），說是「樂而不淫，哀而不傷」，可見自有其雍容和雅的氣象。因此。像〈關雎〉等篇，便成爲周代流行的禮儀樂歌。後來如宋代的蘇轍、王質、程大昌等人，也因此以爲二南應該獨立在風、雅、頌之外，而與風、雅、頌並列，這就是所謂「四詩」之說。不過，從清代以後，反對二南獨立的學者不少，所以一般人仍然視「二南」爲國風。

(二)〈邶風〉、〈鄘風〉、〈衛風〉

邶、鄘、衛，都是西周初年周武王在攻陷殷都朝歌(今河南淇縣)之後所封的三個國家。朝歌北邊是邶，東邊是鄘，南邊是衛。後來邶、鄘又被衛國兼併了，所以有人把邶、鄘的詩，也說是衛國的作品。例如《左傳·襄公二十九年》，記載吳公子季札到魯國參觀周樂，聽了魯國的樂隊演唱了邶、鄘、衛的詩歌以後，在評論時，即將此三國風，合稱爲「衛風」。另外，《左傳·襄公三十一年》記載北宮文子引〈邶風〉時，也稱爲「衛詩」。可見從春秋時代開始，就有人把邶、鄘、衛的作品，看成是一組詩了。這一組詩中，有些作品是有事實可考的。

〈邶風〉十九篇中，有事實可考的，是〈擊鼓〉篇。據〈詩序〉說，這是「怨州吁」之作。州吁生當衛莊公、衛桓公之世，約與周平王同時；又據姚際恆《詩經通論》說，〈擊鼓〉篇是寫魯宣公十二年宋伐陳時，衛穆公出兵救陳之事。因此，作品產生的時代，晚的已到東周周平王以後的數十年間。至於作品產生的地域，學者多從舊說，以爲是指朝歌以北，即今河南淇縣東北至河北省南部一帶。但根據王國維〈北伯鼎跋〉一文的考證，「邶即燕」，邶係指燕地，即今河北省南部、河南省北部一帶。

〈鄘風〉十篇詩中，有事實可考的，是〈定之方中〉和〈載馳〉兩篇。這兩首都是寫衛懿公被狄人所滅之後的事情。前者寫衛文公徙居楚丘（今河南淇縣東），重建宮室之事，事見《左傳・僖公二年》；後者寫衛懿公爲狄人所滅之後，戴公東徙渡河，住在漕邑（今河北渭縣），許穆夫人憫亡傷感之作。據《左傳・閔公二年》的記載，許穆夫人應該也就是〈載馳〉一詩的作者。由此可以推知〈鄘風〉的詩篇，產生的時代，比〈邶風〉要晚幾十年；而產生的地域，據舊說是指朝歌以南，但據王國維〈北伯鼎跋〉一文的考證，鄘在魯地，即周公東征時所滅掉的奄國，在邶國之南。

〈衛風〉十篇詩中，有事實可考的，是〈淇奧〉和〈碩人〉兩篇。〈淇奧〉篇是衛武公時，衛人歌頌武公之德的作品。衛武公和周平王年代相當。〈碩人〉一篇，則是衛人憐憫莊姜之作，事見《左傳・隱公三年》。可見〈衛風〉的產生時代，比〈邶風〉略晚，比〈鄘風〉則早五六十年。

邶、鄘、衛既有地緣關係，作品的內容也大致可以歸納爲兩大類：一是對政治不滿，勇於揭露，二是大膽反映婚姻愛情生活，反抗封建禮教。這在國風中顯得非常突出。因此歷來有些論述《詩經》的學者，把三國國風合而爲一，不分卷編次，應該有其道理。

(三)〈王風〉

〈王風〉，是東周王都洛邑(今河南洛陽西)一帶的詩歌作品。「王」即「王畿」的簡稱，係指周王朝直接統治的都邑地區。周平王東遷洛邑以後，周室衰微，無法駕馭諸侯，地位等於列國，所以稱爲〈王風〉。作品產生的地區在今河南洛陽、孟縣、鞏縣一帶；產生的時代，全在周平王東遷之後。詩篇中多「黍離之悲」，蒼涼感慨，有生不逢時的哀鳴，有懷人念遠的悲思。

(四)〈鄭風〉

〈鄭風〉二十一篇中，有事實可考的，是〈清人〉一詩。根據〈詩序〉和《左傳・閔公二年》的記載，這是鄭公子素諷刺鄭文公和高克的作品，約作於西元前六六〇年左右。鄭文公約當周惠王、周襄王之時，易言之，已在東周之時。上文引述過的〈將仲子〉一詩，據《國語・晉語》的記載，齊姜曾經引用此詩第三章末三句，來規勸晉公子重耳離齊歸晉，時當西元前六四二年，可知是年之前，此詩已經流傳；再加上〈緇衣〉、〈叔于田〉、〈大叔于田〉

等詩，有人以爲是寫鄭武公和鄭莊公之事，若可採信，自應歸爲東周作品。因此，大多數的學者，多以爲〈鄭風〉是東周乃至春秋之間的詩篇。產生的地區在新鄭（今河南新鄭）一帶，那是鄭武公的都城，疆土包括今河南中部的鄭州、滎陽、密縣等地。

鄭國的地理環境，是山阻水險，民風是男女常相聚會，較少禮教的約束，因此詩篇中所反映的，有很多是濃烈的愛情。而且詩中的第一人稱，多爲女性，所謂「女惑男之語」，非常大膽，這都是古人比較不能接受的。所以孔子說：「鄭聲淫」，說的恐怕不只是指「鄭聲」的音調，應該也指它的內容。班固《漢書・地理志》就這樣形容它：「土陿而險，山居谷汲，男女亟聚會，故其俗淫。」

(五)〈齊風〉

〈齊風〉是齊國的詩歌。齊國在今山東省中部和北部，是春秋時代的一個諸侯大國。通工商之業，得漁鹽之利，人口眾多，國力強盛。當時的貴族生活，荒淫放蕩，所以〈齊風〉十一篇中，像〈南山〉、〈敝笱〉等篇，相傳是描寫齊襄公和他胞妹文姜私通之事，而〈猗嗟〉篇則寫齊王外甥魯莊公的射藝。據此亦可推知，有些作品的產生年代，應在東周初到春秋這幾十年之間。

〈齊風〉中的詩篇，除了反映愛情、婚姻生活，因民風尚武，所以也不乏歌詠射獵之作。就表現形式而言，比較不受四言句式的限制，多爲雜言詩，而且少用比興手法，而直賦其事，這就是班固《漢書・地理志》所說的「舒緩之體」。

(六)〈魏風〉

魏，是周初所封的姬姓小國，地在今山西南部一帶，西接秦國，北鄰晉國，因爲土地貧瘠，民生困苦，常常受到大國的侵陵。東周惠王十六年（西元前六六一），也就是魯閔公元年的時候，爲晉獻公所滅。〈魏風〉所收的作品，大致就是魏亡以前、春秋初期的作品。

〈魏風〉七篇，風格比較一致，反映了人民受到剝削、壓迫的苦悶，也流露出憂國傷時的心聲。這些作品，很受近人的重視。

(七)〈唐風〉

〈唐風〉，事實上就是〈晉風〉。唐的故地，在今山西省中部太原一帶，包括翼城、曲沃、聞喜等地。相傳原爲唐堯所居，周成王時，分封給他的弟弟姬叔虞。唐地有晉水，所以後來國號改爲晉。

晉昭侯時，封他叔父成師於曲沃。成師的勢力逐漸超過晉侯。二人鬥爭持續了六七十年，政局動蕩，民生擾攘，加上地瘠物困，因此〈唐風〉十二篇，大都是格調低沉、懷憂失望的作品。

至於詩篇的產生年代，有人認爲作於西周後期，有人認爲作於春秋時期。雖然不能斷定，但約作於東周初到春秋之際，應無問題。

㈧〈秦風〉

秦，在西周時原爲附庸之國。周平王東遷洛陽時，秦襄公因爲護送有功，才被封爲諸侯。統轄的地區，也才由甘肅天水一帶，擴大到西周王畿和豳地，亦即今陝西省和甘肅東部。

秦以力戰開國，民風尚武，以射獵爲先，這種特色充分反映在〈無衣〉、〈車鄰〉、〈小戎〉等詩篇中。〈小戎〉一詩，有人以爲是寫秦襄公代戎之事，時約當西元前八〇〇年左右。〈黃鳥〉一詩，據《左傳・文公六年》的記載，說是秦人憐憫三良殉葬而作，時當西元前六二一年左右。〈渭陽〉一詩，又有人以爲是秦穆公之子康公送別晉公子重耳之作，產生年代應比〈黃鳥〉略早。據此可知，〈秦風〉十篇大約是東周末年至春秋時期的作品。

秦風尚武，即寫相思之情，也別具一格。例如〈蒹葭〉一篇，令人誦讀之餘，玩味無已。

(九)〈陳風〉

陳國的先祖,本是舜的後裔。周武王時,受封於陳,在今河南省東部淮陽、柘城及安徽省亳縣一帶。西元前四八一年左右,爲楚所滅。

〈陳風〉十篇,有年代可考的,是〈株林〉一篇。根據《左傳·宣公十年》的記載,我們知道這是描寫陳靈公淫亂被殺的事件,時當西元前五九九年,已入春秋中期,應是《詩經》三百篇中最晚的一首詩歌。

據《漢書·地理志》說,陳國人民崇信巫鬼,〈陳風〉中也不乏描寫婦女遊蕩的作品,充分反映了當時當地的風氣。

(十)〈檜風〉

檜,《左傳》、《國語》作「鄶」,《漢書·地理志》作「會」。地在今河南省鄭州之南、密縣東北,與鄰國鄰近。相傳是顓頊之後,東周初年,爲鄭桓公所滅。可見〈檜風〉四篇應爲西周時代的作品。四首詩中,充滿悲觀厭世的色彩,因此有人以爲這是成於西周末年、檜國將亡時的「亡國之音」。

（十一）〈曹風〉

曹，是周武王封給他弟弟姬振鐸的封地，在今山東省曹縣、定陶一帶。處於齊、晉、魯、衛之間，土地狹小，朝不保夕。

〈曹風〉四篇，其中〈候人〉一詩，有人以爲是諷刺曹共公之作；〈下泉〉一詩有人以爲是稱美荀躒之作。因此，〈曹風〉所收，應是春秋時期的作品。

（十二）〈豳風〉

豳，也寫作「邠」，地在今陝西省邠縣、栒邑一帶。這是周朝祖先公劉開發墾拓之地，也是周王族發展壯大的基地。周平王東遷洛陽之後，豳地爲秦國所有。由此可見，〈豳風〉七篇，應該產生於西周時期，是〈國風〉中最早期的詩歌。周人重視農桑之事，〈豳風〉中的〈七月〉等詩，也充分反映了這個特色。也有人以爲是西周後期的詩，但無實證。

上文說過，《左傳．襄公二十九年》有吳公子季札到魯國觀周樂的記載，當時〈豳風〉的排列次序，是在〈齊風〉之後，〈秦風〉之前。爲什麼如此？有人以爲：這是豳地後爲秦國所有、二者在音樂聲調上原有淵源相承之故。至於後來誰把〈豳風〉置於〈國風〉之末，一般學者都認爲當出於孔子之手。《論語・子罕》篇說孔子「自衛反魯，然後樂正，雅、頌各得其所。」顯然對《詩經》的篇章次序，有所調整。而爲什麼要做這樣的調整？有人根據《周禮・籥章》和鄭玄的注解，認爲〈豳風〉雖屬國風，但它卻又可以在不同的場合配上雅、頌的樂調來歌唱。這種在風和雅頌之間承上啓下的特殊功用，或許正是孔子將〈豳風〉置於〈國風〉之末的原因。胡承珙的《毛詩後箋》，就持這樣的看法。

以上介紹的，是十五國風產生的時間和地區，因爲這些作品，經過傳誦、採集、校定，需要一段不短的時間，再加上樂工以至太師的整理、加工，也很難保存它們的原始面目，所以上面所介紹的寫作年代，也只能提出一個大概，供讀者參考而已。

二、二雅

《詩經》的雅詩，有〈小雅〉和〈大雅〉之分。〈小雅〉七十四篇，〈大雅〉三十一篇，合計一〇五篇。雅詩基本上以十篇爲一組，而以這一組的首篇命名，例如〈小雅〉開篇之什，有〈鹿鳴〉、〈四牡〉、〈皇皇者華〉、〈常棣〉、〈伐木〉、〈天保〉、〈采薇〉、〈出車〉、〈杕杜〉、〈魚麗〉十篇，就合爲一組，稱之爲「鹿鳴之什」。不足十篇的詩，就安排在最後的一組詩內，例如〈小雅〉的〈魚藻〉之什，就有十四篇，〈大雅〉的〈蕩〉之什，也有十一篇。

上文說過，雅有「正聲」的意思，是周朝直接統治地區的音樂，也可以說它是經過朝廷規範化的雅樂，理當中正和平，能開導人心。所以，二雅所以要分大小，有人認爲和政事的大小有關，有人則以爲和音律的新舊有關。哪一種說法對，很難斷定。不過，就二雅的體式來說，〈小雅〉的作品，平均每篇五章，每章六句；〈大雅〉的作品，平均每篇七章，每章七句。可見〈大雅〉的體式結構比〈小雅〉要長要複雜，就音樂的演奏來說，〈大雅〉應該也比〈小雅〉所用的時間要久要長。

〈大雅〉的作品，大部分作於西周前期，其中如〈文王〉、〈生民〉等篇，根據《呂氏春秋》等書的引述，應該作於西周初年。最晚的作品，如〈瞻卬〉、〈召旻〉等篇，則是作於周幽王時期。

〈大雅〉的題材，以頌讚詩篇居多，像〈生民〉、〈公劉〉以迄〈江漢〉、〈常武〉等等，主要是對后稷以至武王、宣王等人的歌頌，宣揚了「天命」和「宗法」的思想，美化了周王朝的統治。有人把其中一些描寫周王部族發皇以至建國的作品，稱之爲史詩，認爲有很高的史料價值。另外有些作品，像〈民勞〉、〈板〉、〈蕩〉等等，則是憂國憂民的諷諫之作，反映了周厲王、幽王時期政局動蕩、社會不安的情形。其他還有少數的祭祀、宴飲之作，對了解西周時期的宗教文化，很有幫助。

〈大雅〉的作者，都是貴族或士大夫，〈小雅〉的作者大部分也是。有的作品在篇中已經標出作者名字，例如〈大雅〉的〈崧高〉、〈烝民〉，都說是「吉甫作誦」，可見作者名字叫「吉甫」；〈小雅〉的〈節南山〉說「家父作誦」，〈巷伯〉說「寺人孟子，作為此詩」，也都標明作者是「家父」和「寺人孟子」。這在《詩經》書中是比較少見的例子。〈小雅〉中貴族或士大夫的作品，以周厲王、宣王、幽王時代的西周末年為多，憫時傷亂，多為政治諷諫之作。〈小雅〉中還有一些作品，和十五國風的風詩比較接近，或描述戍役的痛苦，或抒發身世的感慨，這些作品或許有的出於王畿的平民之手。不過，大致說來，〈小雅〉中的作品，大多數仍然側重於讚頌王侯的功業和莊園的富麗，稱羨貴族生活的逸樂和禮儀的習尚，和國風的詩篇仍然有別。它們產生的年代，從西周到東周都有。

〈小雅〉中有六篇詩：〈南陔〉、〈白華〉、〈華黍〉、〈由庚〉、〈崇丘〉、〈由儀〉，只有篇名，沒有歌辭。前人稱這六篇為「笙詩」，認為這些詩需要用笙的樂器來伴奏，原來是有歌辭的，後來失傳了。但也有人認為它們本來就是有聲無辭，只是笙樂的名字；只有歌譜，而不是詩篇的題目。

三、三頌

頌，分為〈周頌〉、〈魯頌〉和〈商頌〉。

關於「頌」的含義，古今學者的解釋頗不一致。有人說它是「美盛德之形容」，有人說它是「宗廟之音」，有人根據它多不用韻、不疊句、篇幅較短的現象，說它是一種緩慢的聲調。綜合各家的說法，我們認為它是一種用於天子宗廟祭祀時的舞曲。

〈周頌〉三十一篇，產生的年代較早，據歷代學者的考證，大約作於周武王、成王、康王、昭王一百多年間，都是西周前期的作品。其中〈武〉、〈賚〉、〈桓〉等篇，是「大武舞歌」的歌辭，年代最早。產生的地區，是西周的首都鎬京(西安)。周武王在西元前一〇六四年滅南，二年死，他弟弟周公旦輔佐成王，攝政七年，據《尚書大傳》說，周公「五年營成周，六年制禮樂，七年還政。」可見周公制禮興樂，大致在西元前一〇五八年左右、〈周頌〉大部分的作品，理當產生於此後的七八十年間。一般說來，〈周頌〉的詩篇，文字簡短，晦澀少韻，它的價值不在文學，而在於史料文獻上。

〈魯頌〉四篇，是魯國人歌頌「魯侯」的作品。「魯侯」疑是魯僖公。產生的地點，是魯國的都城曲阜。有人根據〈魯頌〉中的一篇長詩〈閟宮〉，其中有「奚斯所作」一句，認爲奚斯是魯僖公時人（西元前六五〇年左右），因而推斷〈魯頌〉全是春秋時代的作品。有人則以爲即使〈閟宮〉一詩，是魯僖公時奚斯所作，也不能證明其他三篇即爲同時之作。〈魯頌〉和〈周頌〉二者，前人常放在一起比較，像清代惠周惕的《詩說》，就這樣說：

〈周頌〉之文簡，〈魯頌〉之文繁；〈周頌〉之文質，〈魯頌〉之文夸；〈周頌〉多述祖宗之德，〈魯頌〉則稱孫子之功。

這對讀者來說，頗有參考價值。

〈商頌〉五篇，是商人後裔歌頌其先祖的頌歌。關於它產生的年代，古今學者頗有爭議。《毛詩》以爲它是殷商時代遺留下來的舊樂，「三家詩」則以爲〈商頌〉即「宋頌」，也就是春秋時代宋國的詩歌；是宋人正考父根據殷商舊樂改寫的，用來歌頌宋襄公。不過，有學者指出正考父要比宋襄公早一百多年，不可能爲宋襄公作〈商頌〉，所以認爲後者頗有商榷的餘地。

《國語・魯語》曾說：「昔正考父校商之名頌十二篇於周太師」，〈毛詩序〉在〈商頌〉

的〈那〉一詩中也這樣說：

〈那〉，祀成湯也。微子至於戴公，其間禮樂廢壞，有正考甫者，得〈商頌〉十二篇於周之太師，以〈那〉爲首。

這說明了：〈商頌〉原是殷商祭歌，傳到殷商後裔宋戴公時，因爲禮樂廢弛，所以宋國大夫正考父特地到周太師那邊去蒐集或校對一下。當時有十二篇，現在只有五篇保存下來②。〈商頌〉和〈大雅〉的〈生民〉、〈公劉〉等篇一樣，都是後人稱頌先祖功績的詩歌，體式也比較接近，反而和〈周頌〉、〈魯頌〉不同，這是非常值得我們注意的。

② 劉毓慶以為〈商頌〉實為殷商舊章而經正考父校訂。見《雅頌新考》中〈商頌非宋人作考〉一文。

第三章　詩經的題材分類

《詩經》的內容分類，從聲調方面來說，可以分成上述的風、雅、頌三大類；從內容題材方面來說，可以分成下列幾大類①。

① 對於《詩經》內容題材的分類，各家頗有不同。筆者所分，亦舉其大概而已。因為有的作品，因讀者體會詮釋的不同，即可歸屬不同的類別；甚至有的作品，本來就可以同時分繫不同的類別。

一、愛情與婚姻

愛情、婚姻、家庭生活的描寫，是文學作品中常見的素材。在《詩經》中描寫這方面素材的作品，以〈國風〉爲最多。〈國風〉中又以〈鄭風〉、〈衛風〉等爲最多。

從風詩看來，當時男女的交往是自由的，公開的。特別是春天二、三月的時候。〈鄭風・野有蔓草〉一詩，就寫男女在仲春時節不期而遇的喜悅，詩分二章，首章如下：

野有蔓草，	郊野有叢生青草，
零露漙兮。	滾落露珠團團喲。
有美一人，	有位美麗的人兒，
清揚婉兮。	目秀眉清順眼喲。
邂逅相遇，	慶幸不期而相遇，
適我願兮。	實在稱我心願喲。

不但仲春二月在草露郊野碰見合意的對象，就可以自由戀愛，而且從〈鄭風・溱洧〉篇中，還可以看出來：季春三月，在溱水和洧水的河邊廣場上，男男女女，成群結隊在踏草遊春，談笑風生，互贈芍藥。這反映了當時鄭國的民間風情。

在戀愛的過程中，風詩中的男女，所表現出來的感情，往往是熱烈的，坦率的。別人對他好，他就要好好回報，像〈衛風・木瓜〉一詩第二章所說的那樣：

投我以木桃，　　投贈我的是木桃，
報之以瓊瑤。　　回報他的是瓊瑤。
匪報也，　　不是只為回報呀，
永以爲好也。　　永遠表示友好呀。

萬一對方讓他覺得用情不專，他也就掉頭而去，像〈鄭風・褰裳〉首章所說的：

子惠思我，　　假使你肯想念我，
褰裳涉溱。　　就撩衣裳過溱河。

子不我思，　　假使你不把我想，
豈無他人？　　難道沒有別人麼？
狂童之狂也且！　　狂童的輕狂罷了！

要是用情已深，無法割捨，那麼只好悲吟：「維子之故，使我不能餐兮！」、「一日不見，如三月兮！」吃不下飯，時間過得特別慢，都是爲了相思的緣故。

戀愛是自由的，但一涉及婚姻或逾越規矩的時候，仍然有其限制。前人多斥〈鄭風〉淫蕩，然而〈鄭風．將仲子〉一詩，卻描寫了一位徘徊在禮教和愛情之間的女子，她雖然想念情人，但她更顧忌父母、兄長和別人的批評。第三章是這樣寫的：

將仲子兮，　　請求二哥的你呀，
無踰我園，　　不要越過我後園，
無折我樹檀。　　不要攀我種的檀。
豈敢愛之？　　難道是吝惜它們？
畏人之多言。　　怕人家的多閒言。

仲可懷也，　二哥值得記掛呀，
人之多言，　但人家的多閒言，
亦可畏也。　也是值得害怕呀。

可見愛情和禮教發生衝突的時候，不能沒有顧忌。〈鄭風〉尚且如此，其他的〈國風〉，可想而知。〈豳風〉反映的是周人務農的色彩，其中〈伐柯〉一詩，就拿砍斧柄作比喻，說要砍出一根斧柄，不能沒有斧頭；因此要娶一個妻子，不能沒有媒婆。「取妻如何？匪媒不得。」這就是後世所說的「明媒正娶」。如果不如此，就會遭受批評。〈周南・關雎〉是〈國風〉首篇，它描寫「窈窕淑女，君子好逑」時，在追求的過程中，所幻想得到的是「琴瑟友之」、「鐘鼓樂之」，想彈奏琴瑟去親近她，敲鐘打鼓迎娶她，可以說是發乎情，止乎禮，沒有逾越規矩。這也是世人備加讚美的地方。

同樣的，〈周南・桃夭〉描寫男婚女嫁，拿桃樹作比喻，像第一章：

桃之夭夭，　桃樹這樣的茁壯，
灼灼其華。　它有燃燒般的花。

之子于歸，　這個姑娘要出嫁，
宜其室家。　實在適合那人家。

〈周南・螽斯〉祝福多子多孫，像第一章：

螽斯羽，　螽蝗鼓動翅膀飛，
詵詵兮。　一堆堆喲。
宜爾子孫，　恰似你的子孫，
振振兮。　成群結隊喲。

這些詩篇中，都充滿了活潑生動的喜樂景象。所謂「正風」，雅正的風詩，我們正可於此體會。

〈國風〉中描述婚姻、家庭生活的作品，數量不少。〈鄭風・女曰雞鳴〉和〈齊風・雞鳴〉都用對話的形式，來描繪夫婦間和樂的家庭生活。妻子說：雄雞叫了，天亮了。丈夫說：天還沒亮呀！甚至說那不是雞鳴，而是蒼蠅之聲。婚姻生活的美滿，可想而知。當我們吟誦

「宜言飲酒，與子偕老。琴瑟在御，莫不靜好。」（〈鄭風・女日雞鳴〉）這類詩句的時候，耳旁彷彿也聽到了夫妻琴瑟和鳴的聲音。

婚姻生活有美好的一面，當然也有不幸的一面。〈唐風・葛生〉寫的是悼亡的悲傷，像第三章：

角枕粲兮，
錦衾爛兮。
予美亡此，
誰與獨旦！

角飾枕頭耀眼呀，
錦繡衾被燦爛呀。
我的良人不在此，
誰伴孤獨到天亮！

同衾共枕的時日已成過去，縱使眼前角枕錦衾依舊燦爛耀眼，但形單影隻的悲哀，有誰能夠了解？這首詩寫的是悼亡，〈邶風〉中的〈終風〉、〈谷風〉，和〈衛風〉中的〈氓〉等篇，寫的則是棄婦的悲怨之情。〈氓〉一邊敘事，一邊抒情；在敘述戀愛、結婚、受虐、被棄的過程之後，最後以「老使我怨」來說明她心中的悔恨。詩共六章，第五章是這樣寫的：

三歲爲婦，　三年來做了媳婦，
靡室勞矣。　不以家事為苦呀。
夙興夜寐，　早早起床晚晚睡，
靡有朝矣。　不是只有一日呀。
言既遂矣，　我已經順慣了呀，
至於暴矣。　你卻更加橫暴呀。
兄弟不知，　哥哥弟弟不知情，
咥其笑矣，　嘻嘻那樣嘲笑呀。
靜言思之，　靜靜地我思量它，
躬自悼矣。　自己暗自悲悼呀。

棄婦的哀怨，可謂躍然紙上。

在有關愛情、婚姻的題材中，有不少是描寫征夫思婦懷人念遠的作品。因爲這部分的作品，歸入下節討論，這裡就不贅言。不過，《詩經》中頗有一些抒情詩，是很難歸類的，像〈秦風·蒹葭〉這首詩的第一章：

蒹葭蒼蒼，
白露爲霜。
所謂伊人，
在水一方。
遡洄從之，
道阻且長。
遡游從之，
宛在水中央。

荻草蘆葦色蒼蒼，
白露凝結變成霜。
所說的那個人兒，
就在河水另一旁。
逆著河流去找他，
道路險阻又漫長。
順著流水去找他，
彷彿就在水中央。

傳誦千古，但詩中的「所謂伊人，在水一方」，究竟是男女思慕之詞，或朋友想念之吟，或思賢招隱之作，都很難確定。因此，我們在這裡，也只好從略了。

在描寫生活的作品中，頗有一些能反映當時的社會觀念。像〈邶風・凱風〉就是標榜孝子美德的詩篇。詩中說：「母氏聖善，我無令人」，一方面讚美母親的勞苦功高，一方面責備自己的不能成材，充分反映了古人對孝道的重視。這和〈小雅・谷風之什〉的〈蓼莪〉等詩，是可以合看並讀的。〈蓼莪〉一方面感念父母的生長養育之恩，說是：「哀哀父母，生我劬勞」，一方面悲痛自己的報恩無從，說是：「欲報之德，昊天罔極」，可以說是道盡了古今全天下孝子的共同心聲。除此之外，像〈小雅．常棣〉歌詠兄弟友愛，像〈小雅．頍弁〉描寫宴會兄弟親戚，就這方面來說，《詩經》自有它感染讀者的力量，也自有它教化社會的功能。

二、農耕與狩獵

周人是重視農業的民族，周代是重視農業的社會，因此《詩經》中有些作品和農桑耕作之事，息息相關。十五國風中，以〈豳風．七月〉最受後人注意。《漢書．地理志》就說：「豳詩言農桑衣食之本甚備。」指的就是〈七月〉這一篇。詩中描寫豳地農民一年四季的勞動過程、物候變化和生活情形。文字純樸，不事雕琢。茲摘錄第一章及第四章於下：

七月流火，　　七月火星偏向西，
九月授衣，　　九月老少添寒衣。
一之日觱發，　　十一月北風淒切，

二之日栗烈。　　十二月天氣凜冽。
無衣無褐，　　粗細衣裳無一件。
何以卒歲？　　如何挨過這一年？
三之日于耜，　　正月裡修理農器，
四之日舉趾，　　二月舉足下田地。
同我婦子，　　妻子兒女在一起，
饁彼南畝。　　送湯送飯到田裡。
田畯至喜。　　農官來了笑嘻嘻。

×　×　×　×

四月秀葽，　　四月苦葽結果實，
五月鳴蜩。　　五月蟬聲鳴不止。
八月其穫，　　八月收穫最相宜，
十月隕蘀。　　十月落葉飄滿地。
一之日于貉，　　十一月舉行貉祭，
取彼狐狸，　　一起打獵捉狐狸，

爲公子裘。　　獻給公子做皮衣。
二之日其同，　　十二月大家會齊，
載纘武功。　　繼續打獵習武藝。
言私其豵，　　小的野獸給自己，
獻豜于公。　　大的獻上公家去。

火星即心宿，在夏曆六月以前，出現在正南方，位置最高，到了七月，就逐漸偏西向下。古代農民的生活，以衣食耕織爲本，而衣食耕織之事，又和日月星辰的運轉、季節氣候的變化以及自然界的草木鳥獸有密切的關係。所以〈七月〉便以這些來提挈全篇，敘述農民的生活。無論是食衣住行、農桑耕織、打獵修屋、鑿冰獻祭，一切生產勞動，幾乎都涉及了。而且在描寫時，勞苦中有閒逸，疏落中有風致，完全合乎樂而不淫、哀而不傷的詩教，是一篇不可多得的敘事詩。

《詩經》中還有些作品，直接描寫了生產勞動時的情景。像〈周南・芣苢〉這首詩，全詩三章：

采采芣苢，　鮮亮芣苢採呀採，
薄言采之。　趕快把它採下來。
采采芣苢，　鮮亮芣苢採呀採，
薄言有之。　趕快把它摘下來。

采采芣苢，　鮮亮芣苢採呀採，
薄言掇之。　趕快把它撿起來。
采采芣苢，　鮮亮芣苢採呀採，
薄言捋之。　趕快把它抹下來。

采采芣苢，　鮮亮芣苢採呀採，
薄言袺之。　趕快把它捧起來。
采采芣苢，　鮮亮芣苢採呀採，
薄言襭之，　趕快把它兜起來。

芣苢，俗稱車前子，相傳可治不孕之症，也可供絲織品用以增加光澤。〈芣苢〉這首詩，重複的字句極多，但兩句才一換的「采」、「有」、「掇」、「捋」、「袺」、「襭」等字眼，作者用來描寫採擷芣苢的動作，卻有其依次層遞的作用，而且在複沓之餘，這些重章疊句，往往予人一唱三嘆的節奏感。這也是《詩經》的特色之一。

除了農桑耕作之外，打獵、放牧也是《詩經》中常見的題材。〈周南・兔罝〉寫打獵的武士，敲打木樁，布置兔網，陪他們的主人射殺兔子，以免損害農作物。《穀梁傳・昭公八年》就說：「因蒐狩以習用武事，禮之大者也。」所以射兔之事，不但可爲農稼出力，有益於公家，又可使公侯得享馳騁之樂，也因此詩中要大大稱讚這些「赳赳武夫」，是「公侯干城」了。同樣的，〈鄭風〉中的〈叔于田〉和〈大叔于田〉，也都對狩獵活動多所描繪。

請看〈叔于田〉的第一章：

叔于田，　　叔爺出門去打獵，
巷無居人。　　街巷不見有居民。
豈無居人？　　難道真的沒居民，
不如叔也，　　因為不如叔爺呀，

洵美且仁。　　他真漂亮又可親。

再看〈大叔于田〉的第一章：

叔于田，　　叔爺出外去打獵，
乘乘馬。　　駕著馬車馬四匹。
執轡如組，　　手握韁繩像絲帶，
兩驂如舞。　　兩驂齊驅像跳舞。
叔在藪，　　叔爺出獵在草澤，
火烈具舉。　　火把成列都舉起。
襢裼暴虎，　　赤膊空拳打老虎，
獻于公所。　　呈獻到公爺那裡。
將叔無狃，　　希望叔爺別大意，
戒其傷女。　　提防牠會傷害你。

〈叔于田〉用誇張的詞句來描寫獵者的超凡出眾。說他出獵的時候，「巷無居人」，居民全都跑出來了，沒有人再喝酒、再騎馬，全都對他投以敬慕的眼光。爲什麼他如此引人注目呢？作者在設問之後，才回答說是這位獵者「洵美且仁」，原來是因爲他又英俊又有愛心。全篇三章，著重在描寫獵者的儀表和德性。〈大叔于田〉是〈叔于田〉的姊妹篇，它著重的是獵者騎射打獵的過程。詩也分三章，首先寫獵者的駕御技巧，說他乘馬駕車時，動作中節合拍，姿態非常優美；然後描寫他在草澤林野之間，英勇矯健，高舉獵火，準備率眾圍獵；最後描述射獵活動的結束，直接歌頌獵者的善於騎射。〈叔于田〉寫的是一人單獵，而〈大叔于田〉寫的是率眾圍獵；〈叔于田〉設問自答，概括表現獵者的美好仁武，而〈大叔于田〉則從正面具體的描寫獵者在出獵時的多才而好勇。

這一類作品，不但〈國風〉中有，連〈雅〉、〈頌〉中也不少。例如〈小雅〉中的〈無羊〉一篇，描寫貴族畜牧牛羊的情況，〈大田〉一篇，從貴族的觀點，描寫了農事生產中，從播種到收穫的過程。我們知道，獵牧是農業生產的重要補充，而從這些作品中，也可看出周朝貴族對農業生產的重視。

有人把〈小雅〉中的〈大田〉、〈甫田〉、〈信南山〉等篇，和〈周頌〉中的〈載芟〉、

〈良耜〉等篇，合稱爲農事詩。這種說法當然有它的道理，但一則把農事詩的範圍縮小了，不夠全面，一則又把農事詩和祭祀的樂歌混合在一起了。〈載芟〉、〈良耜〉有人說是春天藉田時和秋天收穫後祭祀土神和穀神的樂歌，有人說是秋收後祭祀宗廟和土神穀神的樂歌，不管如何，它們都屬於祭祀詩的範圍。當然，詩中有不少關於農事生產的敘述，所以把它們歸於農事詩也不爲過。《詩經》中本來就有很多作品，同一篇作品可以歸屬在好幾種不同的類別中，看似矛盾，其實是反而更合情理。

〈載芟〉篇最後三句說得好：

匪且有且，　並非今日才開始，
匪今斯今，　並非今日才豐收，
振古如茲。　自古以來即如此。

三、戰爭與徭役

《詩經》中有關戰爭、徭役的作品很多。周王朝和外族之間的戰爭，或者各諸侯國之間，爲了爭奪土地、物產而發生的戰爭，都會影響農業生產和家庭生活，給人民帶來苦難或不安。即使不在戰爭期間，爲了防禦敵人入侵，也要進行軍事方面的防備工作，或者徵調到邊地守衛，或者派往外地修築城牆、挖掘濠溝。《詩經》中有關戰爭、徭役的詩篇，正從不同的角度，反映了征夫思婦的生活苦痛。

〈國風〉中涉及戰爭、徭役的作品，多與婚姻家庭生活有關。有的作品，是從思婦懷念征夫的角度來寫的。例如〈衛風・伯兮〉和〈王風・君子于役〉就是。〈伯兮〉一詩，共四章，前二章如下：

伯兮朅兮，　　老大啊真英勇啊，
邦之桀兮。　　是國家的英雄啊。
伯也執殳，　　老大啊手拿長杖，
爲王前驅。　　去為國王打先鋒。
自伯之東，　　自從老大到東方，
首如飛蓬。　　頭髮就像飛蓬亂，

豈無膏沐，　　難道沒有潤髮油，
誰適爲容？　　有誰喜歡來打扮？

〈君子于役〉共二章，首章如下：

君子于役，　　我的良人在服役，
不知其期。　　不知道他的歸期，
曷至哉？　　什麼時候回來呢？
雞棲于塒。　　雞兒棲息在窩裡。
日之夕矣，　　太陽這樣向晚了，
羊牛下來。　　羊兒牛兒下坡來。
君子于役，　　我的良人在服役，
如之何勿思。　　對他哪能不相思？

這兩首詩都同樣寫得眞摯動人。〈伯兮〉中的思婦，說她的良人是「邦之桀兮」，「爲王前驅」；〈君子于役〉中的農婦，則對著「雞棲于塒」、「羊牛下來」的農村暮色，對良人有無盡的思念，表現了她們不同的生活背景。不同的社會階層，呈現了不同的生活風貌。

比起抒寫思婦懷念征夫的作品，〈國風〉中有關征夫思親懷鄉的篇章更爲多見。例如〈邶風・擊鼓〉這一首詩，開頭的兩章先寫征夫「踴躍用兵」，有的去修城建都，有的從軍向南，而不得歸家。然後在第四章如此描述他對妻子的懷念：

死生契闊，　死生聚散令人愁，
與子成說。　和你發誓長相守。
執子之手，　緊緊握著你的手，
與子偕老。　和你相伴到白頭。

〈王風・揚之水〉也一樣，先借激揚的流水，流不去成束的薪楚起興，來抒寫征夫遠戍的痛苦，然後在第三章末句說：「懷哉懷哉！曷月予還歸哉？」意思是：「懷念呀，懷念呀！哪月我才能回家呀？」直接寫出懷鄉思親的苦悶。在這一類作品中，〈魏風・陟岵〉頗受後人注意。詩共三章，分別描寫孝子行役登高時，對父親、母親和兄長的懷念。茲錄第二章對母親的懷念如下：

陟彼屺兮，　　登上那座山嶺呀，
瞻望母兮。　　遙望故鄉母親呀。
母曰：　　　　好像聽見母親說：
「嗟予季，　　「唉呀我的小兒子，
行役夙夜無寐！　服役早晚沒休息。
上慎旃哉，　　希望保重自己哪，
猶來無棄。」　還能回家莫相棄。」

不直接寫征夫如何懷鄉思親，反而調轉筆鋒，寫征夫想像家人如何想念、祝福自己，因而讀起來，覺得曲折有致，比直敘要動人得多。

以上所舉，是〈國風〉中部分的作品，都是以夫妻分離、懷鄉思親的方式，來描述戰爭或徭役所帶來的痛苦。不止〈國風〉如此，像〈小雅〉中帶有民歌色彩的〈何草不黃〉，事實上也如出一轍。〈何草不黃〉一詩，共四章，首章如下：

何草不黃，　　什麼草兒不枯黃，
何日不雖行！　　哪個日子不流浪！
何人不將，　　哪個人兒不奔忙，
經營四方。　　東西南北走四方。

就是爲了君王要「經營四方」，所以苦於行役的征夫，才會覺得無草不黃，無人不怨。這和後代的邊塞詩、戰爭詩一樣，多少都帶有反戰的思想。

至於《詩經》中表現尚武的精神，表現同仇敵愾的作品，也不是沒有。像秦國是重視軍事的強國，〈秦風〉中即不乏豪情壯志的詩篇。〈無衣〉一詩，共三章，首章如下：

豈曰無衣，　　怎麼說沒有衣服，
與子同袍。　　我跟你同穿戰袍。
王于興師，　　君王正出兵興師，
修我戈矛，　　修治我們長戈矛，
與子同仇。　　我跟你敵愾同仇。

秦軍威武雄壯的英姿，可以想見。又如〈鄘風・載馳〉一詩，寫許穆夫人在祖國存亡危急的關頭，不顧一切，要回祖國衛國去，共赴國難。雖然不能算是眞正的戰爭或行役詩，但她的愛國熱忱，卻眞的是不讓鬚眉。

有人以爲戰爭詩和徭役詩是有分別的②，但嚴格說來，二者在《詩經》中很難明顯的加以區隔。只有少數的作品，眞的寫到戰爭，例如〈大雅〉中的〈江漢〉和〈常武〉二詩。〈江漢〉記敘周宣王命令召虎帶兵討伐淮夷，重在頌美召公的功業；〈常武〉記敘周宣王出兵平定徐國的叛亂，對戰爭有正面的描寫。又如〈小雅〉中的〈六月〉和〈采芑〉，前者讚美周宣王時尹吉甫的北伐獫狁，後者記敘周宣王時方叔的南征荊蠻，都反映了周王朝對外族的戰爭，這和〈國風〉中大多止乎描寫諸侯國之間的戰爭，是有所不同的。

事實上，抒寫戰爭和徭役這一類題材的作品，最後被人傳誦的，是像〈豳風・東山〉和〈小雅・采薇〉這種又寫戰爭行役又寫懷鄉思親的詩篇。〈東山〉寫久從征役的士兵，在歸途中想家思妻，近鄉情怯。詩共四章，每一章的開頭四句，都是這樣寫的：

---

② 參閱趙沛霖編著《詩經研究反思》第五章第一節「戰爭詩與史詩、行役詩、田獵詩的關係和區別」。

我徂東山，　從我遠征到東山，
慆慆不歸。　歲月漫長未歸返。
我來自東，　如今我歸自東方，
零雨其濛。　濛濛細雨倍淒涼。

「零雨其濛」寫景，同時也寫情。在這樣細雨濛濛的背景襯托下，久役得歸的戰士，一方面想起蜷曲著身體、獨宿在兵車下的軍中生活，一方面大力運用想像之詞，展現一幅又一幅家園、家人以及初婚時的生活片斷，充分表現出近鄉情怯的複雜心理。

〈采薇〉一詩，和〈東山〉一樣，同樣寫久戍邊土的征夫，在返鄉途中的所思所見。詩共六章，前三章採用複沓的形式，都用「采薇采薇」開頭，藉薇菜的由萌芽而至茁壯，寫時間的推移，暗示征夫的久戍未歸。爲什麼會這樣子呢？詩中說是「玁狁之故」。玁狁，一作獫狁，是古代散居在北方邊區的外族，也就是後來秦漢時代所稱的「胡」或「匈奴」。爲了征伐外族，自然「不遑啓居」，沒有空閒休息了。第四、五兩章，寫從軍作戰的生活，寫將軍，寫兵士，寫兵車，寫駿馬；戰則務捷，居則日戒，表現出昂揚的士氣。第六章寫戰罷賦歸的征夫，在返鄉途中，撫今追昔，不勝感慨：

昔我往矣，　以前我們出征時，
楊柳依依。　楊柳枝條依依垂。
今我來思，　如今我們回來了，
雨雪霏霏。　飄落雪花紛紛飛。
行道遲遲，　行人道上慢慢走，
載渴載飢。　又是口渴又飢餓。
我心傷悲，　我的內心真悲傷，
莫如我哀。　沒人知道我斷腸。

這首詩是傳誦千古的名篇，後一章更是膾炙人口。有人說它「眞情寫景，感時傷事，別有深情，非可言喻。」眞是說得一點也不錯。

四、祭祀與宴飲

古人說：「國之大事，在祀與戎。」戎即戰爭，這是關係國家興亡成敗的大事；祀即祭祀，這是有關愼終追遠、禮樂教化的大事。上節談的是有關戰爭行役的題材，這裡要談的是有關祭祀、宴飲的篇章。

《詩經》中的〈大雅〉和〈三頌〉，有不少作品是周王朝或諸侯祭祀、宴會時演奏歌舞的詩篇。司馬遷論《詩經》曾有所謂「四始」之說，即：〈關雎〉爲〈國風〉之始，〈鹿鳴〉爲〈小雅〉之始，〈文王〉爲〈大雅〉之始，〈清廟〉爲〈三頌〉之始。其中〈鹿鳴〉爲宴飲詩，〈清廟〉爲祭祀詩，足見二者在《詩經》中的地位。

祭祀是古代社會中宗教意識和祖先崇拜的重要活動。周王朝從始祖后稷開始，一直是重視農業的；它由一個普通的部族，逐漸壯大，發展成爲統一天下的共主，其歷程的艱辛，可想而知。因此，〈大雅〉中的〈生民〉、〈公劉〉、〈綿〉、〈皇矣〉、〈大明〉等五篇，以史詩的方式，敘述了周王朝從后稷以農立國到武王滅商的過程。這五篇描寫周王朝創業開國的祭歌，有神話、傳說和歌謠的成分，有生動鮮明的形象描寫，和某個程度的故事情節，所以有人認爲它們是中國很有代表性的「史詩」③。

③ 五四運動以來，有些學者喜歡用西方「史詩」的觀念，來檢視《詩經》的作品。「史詩」一詞，出於古希臘，意為平話或敘事長篇，指一個民族在發祥時期，以具有重大意義的歷史事件或傳說為題材，塑造了崇高偉大的英雄形象，這樣的長篇敘事時，就叫史詩。〈大雅〉中的〈生民〉、

周王朝的祖先崇拜中，最隆重的是對文王、武王的祭祀。周文王制定了各種典章制度，奠定了統一天下的基礎，所以〈周頌〉中的〈清廟〉、〈維天之命〉、〈維清〉等篇，都是歌頌文王的祭辭；而周武王善述父志，完成了父親的未竟事業，滅了殷商，所以〈武〉、〈酌〉等篇，都是稱揚武王的祭歌。〈大雅〉中也不乏這類稱頌文、武的詩篇，從〈文王〉、〈棫樸〉以迄〈下武〉、〈文王有聲〉等等，或者分別讚美文王、武王能夠繼承先王德業，或者合論文王、武王的創業功績。「文王烝哉！」「武王烝哉！」這是〈文王有聲〉中的讚歎之詞。「烝哉」就是「美哉」的意思。再看〈清廟〉一詩：

於穆清廟，　　啊莊嚴清靜的廟，
肅雝顯相。　　肅敬雍容大助祭。

〈公劉〉、〈綿〉、〈皇矣〉、〈大明〉五篇，陸侃如、馮沅君的《中國詩史》、高亨的《詩經今注》、陳子展的《詩經直解》等書，都以為具有史詩的性質與特點，但也有學者，如郭沫若、鄭振鐸、余冠英等人，不表同意。筆者以為德國美學家黑格爾曾分詩歌為三大類，即史詩、抒情詩和戲劇體詩。可見史詩是站在文體或文類的類別上來分類的。本書對《詩經》題材的分類，不以此為準，所以不另立史詩一項。

濟濟多士，　儀度齊整的衆臣，
秉文之德。　秉承文王的德業。
對越在天，　頌揚他在天之靈，
駿奔走在廟。　迅速奔走在廟裡。
不顯不承，　大大發揚又繼承，
無射於人斯！　不會見棄於人哩！

相傳這是周公率領諸侯祭祀文王的樂歌。前文說過，頌是宗廟祭祀用的舞曲，這首詩中的「肅雝顯相」、「駿奔走在廟」，即可能是祭舞的形容。值得注意的是，在莊嚴肅穆的祭祖儀式中，這首〈清廟〉卻是無韻的。既是無韻，演唱時怎麼辨呢？《禮記・樂記》說得好：「清廟之瑟，朱絃而疏越，一倡而三嘆，有遺音者矣。」可見〈清廟〉雖是無韻詩，但演唱時，是以瑟伴奏，一人領唱，三人從而隨之詠嘆，自成節奏。

除了祖先崇拜之外，《詩經》涉及天地靈物崇拜的作品，數量也相當不少。這對古人來說，自有它們的教化意義。據《國語・魯語》說：祭祀社稷山川，是因爲它們對人有功；祭祀先哲聖賢，是因爲他們有顯著的德業；祭祀日月星辰，是爲了可供瞻仰；祭祀土地五行，是爲了生產繁殖；祭祀名山川澤，是爲了累積財物。若不如此，則不祭祀。這些說法用於《詩經》的祭祀詩，可謂契若鍼芥。

在〈周頌〉中，〈時邁〉一詩，相傳是武王克商之後祭祀天地山川的詩篇，詩中說：「時邁其邦，昊天其子之？」意思是說：「我按時在這諸侯各國邁步巡視，上天是不是把我當成他的兒子？」〈敬之〉一詩，相傳是成王自戒之辭，詩中說：「維予小子，不聰敬止？」意思是說：「我是上天的小兒子，對上天怎麼敢不聽從尊敬？」可見對天乃至山川百神有無限的尊崇敬仰。而對天地山川的尊崇敬仰，主要是希望得到神靈的保佑，使農事等生產得以豐收。〈周頌〉中頗有一些篇章，如〈噫嘻〉、〈載芟〉、〈良耜〉、〈豐年〉等篇，就是記敘周人春夏祈禱穀物豐收、秋冬報答神明或祖先的祭歌。

〈周頌〉中的祭祀詩，除了描寫對祖先、靈物以及先哲聖賢的崇拜之外，對祭祀的場面也有所描述。例如〈有瞽〉一詩，記敘周代廟堂中祭祀奏樂的盛況，樂師的位置，連各種樂器的排列和演奏，都有所陳述。從中我們可以看到周朝禮樂文化的一面。

〈周頌〉三十一篇外，〈魯頌〉有〈駉〉、〈閟宮〉等四篇，有的歌頌駿馬雄壯，有的歌頌歷代祖先（特別是魯僖公）的功業；〈商頌〉有〈玄鳥〉、〈長發〉等五篇，有的是祭祀殷商祖先的樂歌，有的是商代後裔宋君建廟祭祖祈福之辭。雖然風格各不相同，但同爲祭祀用的樂歌，則應無疑問。

祭祀詩是以歌舞或詠唱的方式，讚頌祖先、神靈，藉以祈福禳災的詩歌；宴飲詩則是君臣或親朋之間歡聚宴飲的詩歌。二者似有區別，這裡所以合論的原因，是因為周代中上層社會裡，宴飲是禮儀活動之一，在觥籌交錯之際，上以惠下，下以敬上，可以體現君臣父子之間揖讓節文的禮樂傳統，與祭祀詩蓋有相通之處。

周代宴飲的場合，大致有下列幾種：祭祀、農事、王師大捷、諸侯聘問、射箭、薦賢等等。宴飲的地點，可以分為兩種：宴食在廟，燕食在寢。前者在廟堂，比較正式隆重；後者在寢室，比較自由安適。通常在宴會時，都有音樂伴奏。這是當時的貴族，為了維繫倫理次序，即使在宴飲時，也要強調謙和的禮樂精神。像〈周頌・絲衣〉這首詩，就是描寫周王祭祀神明之後，燕飲賓客的歌舞詩篇。前五句寫祭祀的儀式，後四句寫祭祀後燕飲的情形。像〈大雅・行葦〉這首詩，就是描寫貴族比賽射箭、祭神宴會的作品。詩中「敦弓既堅」以下數句，寫張弓射箭的經過，末章寫「壽考維祺，以介景福」，備酒尊老之餘，還要祝福賓客又長壽又有好福氣。假使飲宴時，飲酒無度，行為失禮，那是會被譴責的。像〈小雅・賓之初筵〉一詩，就具體的描寫了飲酒過度、「屢舞僊僊」的醉態。

〈小雅〉中有不少描寫宴飲的詩篇，像〈常棣〉是寫宴會兄弟，像〈伐木〉是寫宴享朋友故舊，像〈魚麗〉是寫宴會時酒殽的豐盛，像〈南有嘉魚〉是寫宴饗時嘉賓的歡樂。其中最膾炙人口的是〈小雅〉第一篇，也是「四始」之一的〈鹿鳴〉。

〈鹿鳴〉是周王宴會群臣嘉賓的一首樂歌。詩共三章，每一章都以「呦呦鹿鳴」起興。相傳鹿是仁獸，因此由此起興的詩篇，也充滿了莊敬和樂的氣氛。第一章寫宴會之始，樂器初奏，主人即獻幣帛，向賓客請教周道之方；第二章寫酬酢之禮既行，賓客酣飲歡暢，主人進而請教可爲臣民效法的榜樣；第三章寫琴瑟和鳴，賓主盡歡，和樂無間，達到和衷共濟的境地。茲錄第三章如下：

呦呦鹿鳴，	呦呦地群鹿和鳴。
食野之芩。	吃著郊外的水芩。
我有嘉賓，	我有美好的賓客，
鼓瑟鼓琴。	彈著瑟呀彈著琴。
鼓瑟鼓琴，	彈著瑟呀彈著琴，
和樂且湛。	和和樂樂又盡興。
我有旨酒，	我有可口的美酒，

以燕樂嘉賓之心。　　來娛樂嘉賓的心。

這首詩對後世影響很大。古代在宴會賓客時，常常要演奏這首歌。《儀禮》中就有兩處樂工歌唱〈鹿鳴〉的記載。從漢到晉，這首歌被演奏的機會最多；到了唐代，宴會鄉貢，更一定要唱它。在清朝的時候，鄉試放榜的第二天，舉行盛宴，招待考官和新中的舉人，這個宴會便叫「鹿鳴宴」。從這些敘述中，可以看出〈鹿鳴〉一詩對後世的影響。

五、政治與諷喻

〈毛詩序〉在解釋詩的「六義」時，有一段話談到變風、變雅：

至於王道衰，禮義廢，政教失，國異政，家殊俗，而變風、變雅作矣。國史明乎得失之迹，傷人倫之廢，哀刑政之苛，吟詠情性，以風其上，達於事變而懷其舊俗者也。

這是說：周朝在王道衰微、禮義廢棄、政教失常之後，諸侯各國各行其政，百姓之家各有習俗，於是變風、變雅的詩就產生出來了。國家的史官了解到當時政治的得失，對於人倫道德的廢棄感到傷心，對於行政法令的苛虐感到悲哀，於是吟詠篇什，抒發情感，來諷諫君王，使人們了解當時社會的變亂，懷念太平政治的風俗。這就是所謂變風、變雅之說。

這種說法，顯然是以國家的治亂興衰和君王的政績優劣，來做為正、變的標準。正風、正雅指何而言，雖然歷來說法稍有不同，但以〈周南〉、〈召風〉為「正風」，以〈小雅〉中〈菁菁者莪〉以前的作品、〈大雅〉中〈卷阿〉以前的作品為「正雅」，應該沒有太大的疑問。因為這些作品，古人認為比較入樂，比較多頌美德政之作，所以為「正」；這和《詩經》中的其他作品，語多諷刺，自然有所不同。也因此，這正、變的說法，就成為後來經學家以美、刺說詩的理論基礎了。

我們知道，《詩經》在孔子的時代，已經成為儒家講學授徒、治學為人的教本，從漢代以後，經過歷代經學家長篇累牘的訓詁疏解，更賦給它崇高的地位，成為古代倫理道德的讀本和治國安邦的教科書。換句話說，幾乎《詩經》中的每一篇作品，都已與倫理、政治觀念混而為一。不是美，就是刺；不是歌頌，就是諷喻。因此，古人所談的政治諷刺之類的題材，幾乎可以涵蓋整部《詩經》。不過，這裡不採用泛政治化的解釋，以下所談的，僅限於〈風〉、

〈雅〉詩中有關「傷人倫之廢」和「哀刑政之苛」的政治課題。

先從〈國風〉說起。

〈周南〉和〈召南〉是正風，是「正始之道，王化之基」，裡面的作品大都是所謂「文王之化，后妃之德」的詩篇。〈周南・關雎〉篇的「窈窕淑女，君子好逑」，被解釋爲「樂得淑女以配君子」，「愛在進賢，不淫其色」；〈召南・甘棠〉篇的「勿翦勿敗，召伯所憩」，被解釋爲「召伯之教，明於南國」，說是召南地區的人民，感念召伯的政績，不敢砍伐他所歇息過的棠梨樹。可以說都是從正面歌頌的觀點來看待的。不止〈二南〉如此，其他所謂變風的詩篇，也偶然有頌美之作。例如〈鄘風・定之方中〉一詩，是稱揚衛文公徙居楚丘時，如何營建宮城，如何努力生產；〈衛風・碩人〉一詩，是讚美莊姜的親族之貴、體貌之美、車服之備和隨從之盛。這也都是從正面歌頌的立場來詮釋的。關於這些，都是「正始之道，王化之基」的具體說明。這和〈邶風〉以下所謂變風的十三國風，是有所不同的。

東周、春秋時代，由於諸侯兼併，戰火連年，人民生活在窘迫危困之中。特別像處於秦、晉之間的魏國，地瘠民貧，征役不息，因而〈魏風〉反映了人民受到剝削、壓迫的不滿情緒。像〈伐檀〉一詩，就是諷刺在上位者無功受祿、不勞而獲的名篇。詩共三章，茲節錄第一章如下：

坎坎伐檀兮，　　坎坎響的砍著車軸呀，
寘之河之干兮，　　放置它在河的岸邊呀，
河水清且漣漪。　　河水清澈又起波瀾呀。
不稼不穡，　　不去耕種不收割，
胡取禾三百廛兮？　　如何取得稻穀三百纏呀？
不狩不獵，　　不去圍狩不出獵，
胡瞻爾庭有縣貆兮？　　如何見你院裡掛有豬貛呀？
彼君子兮，　　那些大人先生呀，
不素餐兮！　　不該白吃閒飯呀！

這是在河邊砍製車軸的勞動者，對貪鄙的統治者質疑的聲音。同樣的，〈魏風．碩鼠〉一詩，諷刺他們的君王不修其政，橫征重斂，簡直像大田鼠一般。詩共三章，茲錄第一章如下：

碩鼠碩鼠，　　大田鼠呀大田鼠，
無食我黍。　　不要吃我種的黍。

三歲貫女，　　三幾年來慣養你，
莫我肯顧？　　不肯對我多眷顧？
逝將去女，　　發誓即將離開你，
適彼樂土。　　到那理想新樂土。
樂土樂土，　　新樂土呀新樂土，
爰得我所？　　哪裡找到我住處？

嚮往自由安樂的另一國度，正反襯出現實生活的壓制與無奈。這就是〈毛詩序〉所說的「哀刑政之苛」。

除了「哀刑政之苛」外，詩人對在上位者的荒淫無恥，也「傷人倫之廢」，加以冷嘲熱諷。例如〈邶風．新臺〉一詩，就是諷刺衛宣公的作品。衛宣公一向好色，曾和後母夷姜發生關係，生了伋、黔等幾個兒子。後來衛國發生內亂，他被迎即位後，立伋爲太子，在伋十六歲那年，爲他娶媳婦，對象是齊僖公的長女齊姜。衛宣公在迎親時見到媳婦，驚爲天人，便在新臺（新建的樓臺）把她攔下來，占爲己有。這種違背倫常的事，詩人看不慣，所以把他比成想吃天鵝肉的癩蝦蟆和不像樣的醜八怪。〈鄘風．牆有茨〉一詩，也與此有關，是衛國人民諷刺他們君王宮中淫亂的詩篇。詩共三章，茲錄第一章如下：

牆有茨， 牆上有蒺藜，
不可掃也。 不能掃除呀。
中冓之言， 內室的談話，
不可道也。 不能傳出呀。
所可道也， 要能傳出呀，
言之醜也。 話多可恥呀。

諷刺的意味，顯而可見。

春秋時代諸侯國中發生宮闈大醜聞的，還有齊國的襄公、文姜兄妹私通，以及陳國的靈公君臣與夏姬淫亂的事件。〈齊風〉中的〈南山〉、〈敝笱〉、〈載驅〉等篇，就是諷刺前者的；而〈陳風〉中的〈株林〉一詩，也用誇張的手法，不合常理的問話，來突顯陳靈公荒淫無恥的事實。

以上就「哀刑政之苛」和「傷人倫之廢」二者，來說明〈國風〉中有關政治諷喻的詩篇，以下則就美刺二端，來介紹〈雅〉詩中對政治理想的追求和醜惡事實的批評。

周朝在文、武、成、康的時代，號稱盛世。〈小雅・北山〉一詩所說的：「溥天之下，莫非王土。率土之濱，莫非王臣。」應該就是當時奠下的根基。周王朝的強盛，固然由於有聖明的歷代祖先，但同時也注意「無念爾祖，聿修厥德」，不要光是指望這些祖先的保佑，而應該自己好好修養品德。這也是文王殷殷告誡後代子孫的話。統治者一定要敬天愛民，親君子而遠小人，這樣才能「如月之恒，如日之升。」於是，我們在〈雅〉、〈頌〉中看到不少歌頌文王、武王等德業的篇章，也看到了對賢哲人才的稱揚之辭。像〈大雅・烝民〉一詩，用敬仰的口氣，讚美了後來宣王時能夠「保茲天子」的賢才仲山甫；像〈小雅・鶴鳴〉一詩，用比喻的手法，說明了任用人才的重要。

不過，「天命靡常」，周朝傳到厲王時，因爲暴虐無道，上下離心，最後厲王逃亡而死。厲王兒子宣王即位，史稱中興，可惜大廈之將傾，非隻木所能獨支。傳到幽王時，寵褒姒，近小人，終爲犬戎所殺。西周的大一統局面，至此結束。接著就是諸侯並起、王室衰微、天下傾覆的東周時代了。〈二雅〉中有關政治諷喻的作品，所謂「變雅」者，絕大多數就產生在這個時期。

詩人諷刺的重點，集中於：在上位者荒淫無道，不知敬祖法天，因而賢才見斥，小人當道。〈大雅・抑〉一詩說的：

其在于今，　　統治者到了今天，
興迷亂于政。　政治上迷惑混亂。
顛覆厥德，　　敗壞了祖先德業，
荒湛于酒。　　荒唐沈溺於酒色。

和〈小雅・十月之交〉一詩說的：

日月告凶，　　日月虧蝕顯凶兆，
不用其行。　　不遵循它的軌道。
四國無政，　　四方諸侯無善政，
不用其良。　　不肯起用那好人。

相傳即是針對厲王、幽王而發。〈大雅・瞻卬〉一詩說：

人有土田，　人家所有的田地，
女反有之。　你卻反而占有它。
人有民人，　人家所有的奴僕，
女覆奪之。　你卻反而奪走他。

這是斥責侵占別人的田產財物。〈小雅・北山〉說：

或燕燕居息，　有人安樂坐家裡，
或盡瘁事國。　有人抱病忙國事。
或息偃在床，　有人休息躺在床，
或不已于行。　有人奔忙在路上。

這是批評勞逸不均等等不公平的現象。〈瞻卬〉斥責的是君王一流人物的暴虐貪婪，〈北山〉批評的是士大夫以上階層之間的矛盾。更甚者是，像〈小雅〉中的〈節南山〉、〈十月之交〉等詩，都對一些執掌朝政的奸臣小人，指名道姓的加以痛斥；而〈巷伯〉一詩，記載寺人孟子因讒受刑之餘，更寫出這樣尖銳嚴厲的詩句：

彼譖人者，　那誹謗人家的人，
誰適與謀？　是誰與他相密商？
取彼譖人，　捉住那誹謗的人，
投畀豺虎。　綑起來丟給虎狼。
豺虎不食，　要是虎狼不肯吃，
投畀有北。　把他丟到北大荒。
有北不受，　北大荒如果不要，
投畀有昊。　就把他丟到天上。

第四章

賦比興詮說

前文說過，風、雅、頌和賦、比、興，古人合稱「六義」。風、雅、頌三者，指是的音樂性質或內容題材的分類；賦、比、興三者，指的則是形式技巧或寫作方法的分類。前三者告訴我們，《詩經》寫了些什麼，表現了什麼；後三者則是告訴我們，《詩經》是怎樣去寫，怎樣去表現的①。

① 以上對「六義」的解釋，是一般學者普遍採用的說法。唐代孔穎達《毛詩正義》所謂：「風、雅、頌者，詩篇之異體；賦、比、興者，詩文之異詞耳。」又：「六義者，賦、比、興是詩之所用，風、雅、頌是詩之所成。用彼三事，成此三事，故同稱為義，非別為篇卷也。」就是這種說法的依據。但唐代以前，對「六義」還有另一種解釋。《周禮・春官》說：「太師教六詩，

關於賦、比、興的解釋，歷代學者的說法差異並不很大。像朱熹《詩集傳》說的：

賦者，敷陳其事而直言之者也。

比者，以彼物比此物也。

興者，先言他物以引起所詠之詞也。

曰風、曰賦、曰比、曰興、曰雅、曰頌。以六德為之本，以六律為之音。」所說的次序，與今不同。而且，漢代鄭玄為《周禮》的「六詩」作注時，還這樣說：

「風」，言賢聖治道之遺化也。「賦」之言鋪，直鋪陳今之政教善惡。「比」見今之失，不敢斥言，取比類以言之。「興」見今之美，嫌於媚諛，取善事以喻勸之。「雅」，正也，言今之正者以為後世法。「頌」之言誦也，容也，誦今之德廣以美之。

似乎認為六詩皆體。唐代賈公彥為《周禮》作疏，也恪守「疏不破注」的原則，認為六詩皆體。近代章太炎《國故論衡・辨詩》進而認為古詩原有三千餘篇，賦、比、興各有篇什，後來經過孔子刪詩，賦、比、興體才不存而亡。他還特別指出六詩有入樂和不入樂之分。郭紹虞的〈六義說考辨〉（見《中華文史論叢》第七輯），比章太炎更進一步提出考辨和論證，認為賦比興都是民歌，由於民歌數量太多，所以再用不同的表現方法分為數類，列在風類之後，「其入樂者則稱為風，還有許多不入樂者，則稱為賦比興。」孔子所刪的，正是那些不入樂的詩歌。以上所述「六義」的另一種解釋，語多臆測，並無確據，所以一般學者不予採信。

或者像王應麟《困學紀聞》所引李仲蒙的話：

序物以言情，謂之賦。情盡物也。
索物以托情，謂之比。情附物也。
觸物以起情，謂之興。物動情也。

歸納起來，賦是鋪陳的意思，比是比喻的意思，興有興起、啓發的意思。這和《詩經》裡〈大雅・烝民〉的「明命使賦」，〈邶風・谷風〉的「比予于毒」，〈小雅・小明〉的「興言出宿」，對賦、比、興的解釋，是相吻合的。

一、賦

賦是鋪陳，是直接的鋪敘描寫。這在《詩經》的雅、頌部分，最爲多見。像〈小雅・蓼莪〉一詩，寫父母的養育之恩，其中有一章有這樣鋪排的句子：

父兮生我，　父親呀生下了我，
母兮鞠我。　母親呀養育了我。
拊我畜我，　撫摸我，愛惜我，
長我育我，　餵大我，教育我，
顧我復我，　照顧我，庇護我，
出入腹我。　出門入門抱著我。
欲報之德，　想要報答這恩德，
昊天罔極！　上天呀沒有準則。

連用了九個形象動詞和九個「我」字。像〈小雅・北山〉一詩，寫士大夫勞逸不均的情況，連用了六個對比、十二個「或」字。有的是把相同的詞彙，排列在一起，增加了感染力；有的是把相反相對的事物，並列在一起，使特色更突出。這些方法都是「敷陳其事而直言之」，「序以言情」。至於像〈大雅〉或〈三頌〉中近乎史詩的作品和記敘先王事跡的詩篇，更不在話下。

〈國風〉中用賦筆的作品，雖然往往兼寓比興，但無論敘事、記物、寫景、抒情或說理，用直言鋪敘方法的也不少。像〈周南・芣苢〉一詩，寫採集車前子時的勞動情形，重章疊句，在「采采芣苢，薄言采之」以下，不過把「采之」的「采」，各自易爲「有」、「掇」、「捋」、「袺」、「襭」字而已。而這些形象動詞，正好把採車前子從開始用手採，到把衣襟扱在腰帶間兜起來的過程，整個鋪排出來。在章句重疊、意象遞增的情況之下，我們誦讀時，不但不覺得單調無味，反而覺得有一唱三嘆、往復無窮的韻味，這正是《詩經》在形式技巧上的一個特色。

在用賦筆的〈風〉詩中，〈豳風・七月〉是一篇備受注目的長詩。它從「七月流火」寫火星在天空中移動位置開始，寫季節的變化，寫農民一年四季的生活情況，鋪敘直言的寫作方法，顯而易見。全詩共八章：第一章從天涼寫到春耕，前段寫衣，後段寫食。第二章寫採桑養蠶，這是下一章女織的預備工作。第三章寫織衣，呼應上一章。第四章寫農忙之後，去獵取野獸，仍然與「衣」有關；上一章說農家婦女織的衣裳，最好的要獻給公子，這一章說農家男子獵取的野獸，大的要獻給公家，狐狸皮則要獻給公子做皮衣。第五章寫住，藉蟋蟀等蟲物來說明季節的變易；一年將盡，農人才能爲自己收拾屋子過冬。第六章寫食，採取果蔬、釀酒到「爲此春酒」可能是爲公家做的；從「七月食瓜」以下，所描寫的菜、瓜等物，才是農民自己食用的東西。第七章說農作物收成完畢後，農民還要爲公家修建房子，從「晝爾于茅」以下，才是寫修理農家自己的茅屋。第八章寫鑿冰獻祭的活動和年終時的燕飲。從這篇長詩中，我們可以看到不用譬喻、直陳其事的寫作方法。

不過，這種寫作方法，所謂賦筆，並不是等於平鋪直敘。平鋪直敘，容易流於平實，甚至呆板枯燥，這裡所說的賦筆，是鋪敘敷陳，仍然有其動人的力量。話說得直接，只要情眞景切，恰到好處，並沒有什麼不好。劉勰《文心雕龍・詮賦》說「賦」是「鋪采摛文，體物寫志」，鍾嶸《詩品・序》說「賦」是「直書其事，寓言寫物」，他們所說的「體物寫志」、「寓言寫物」，都不是平鋪直敘的意思。

例如〈鄭風・女曰雞鳴〉和〈齊風・雞鳴〉二篇，都用男女對話的方式，來寫天快亮時，男方戀床、女方催起的情景。雖然全篇用賦筆，但因爲善於運用對話，剪裁得當，因此毫無直率的毛病。同樣的道理，〈魏風・陟岵〉一詩，寫征夫思親，通篇用賦筆，不用比興，不直言自己如何懷鄉思家，卻想像著父母兄長在家中想念他的情景。前文已引過其中一章，現在爲了說明方便，錄其全詩如下：

陟彼岵兮，　　登上那座青山呀，
瞻望父兮，　　遙望故鄉父親呀。

父曰：
「嗟予子，
行役夙夜無已！
上慎旃哉，
猶來無止。」

陟彼屺兮，
瞻望母兮，
母曰：
「嗟予子，
行役夙夜無寐！
上慎旃哉，
猶來無棄。」

陟彼岡兮，

好像聽見父親說：
「唉呀我的乖孩子，
服役早晚不停止！
希望保重自己哪，
還能回家莫留滯。」

登上那座山嶺呀，
遙望故鄉母親呀。
好像聽見母親說：
「唉呀我的小兒子，
服役早晚沒休息！
希望保重自己哪，
還能回家莫相棄。」

登上那座山岡呀，

瞻望兄兮，　　遙望故鄉兄長呀。
兄曰：　　好像聽見兄長說：
「嗟予弟，　　「唉呀我的好兄弟，
行役夙夜必偕！　　服役早晚都一樣！
上慎旃哉，　　希望保重自己哪，
猶來無死。」　　還能回家莫身亡。」

征夫登高望遠時，由「岵」而「屺」而「岡」，瞻望思親時，由「父」而「母」而「兄」，都是明顯的鋪敘手法。而通過想像，分別寫父母兄長如何想念自己、祝福自己時，章句重複，稍易一二字，就使讀者如聞其聲，覺得情味深厚。清代方玉潤《詩經原始》說這種寫法，「筆以曲而愈達，情以婉而愈深」，所謂「筆以曲而愈達」，就是說這篇詩的作者能夠「體物寫志」、「寓言寫物」，不是一味的平鋪直敘。

二、比

比，是比喻，就是把兩種不同的事物，利用它們之間密切相似的共同點，來打比方。它不但可以比喻具體事物，也可以用來比喻抽象的思想和情感。通過這些比喻，往往可以使所要描寫的事物或表達的思想情感，顯得更具體，更生動，更形象化，從而收到以近喻遠，以實徵虛、以淺擬深的效果。

《詩經》中的比喻，大致可分爲以下的三大類。

首先是明喻。明喻的特點，是在被比的事物（人稱本體）和作比的事物（人稱喻體）之間，用「如」「若」等類似字，把它們聯繫起來。例如：〈衛風・伯兮〉的「首如飛蓬」，用飛蓬來比喻思婦無心打扮以致蓬頭散髮的樣子；〈王風・黍離〉的「中心如噎」，寫周大夫行役時經過鎬京，見舊時宮廟毀於戰火，心中的感傷和鬱悶，用食物噎在喉間來形容；〈邶風・燕燕〉的「涕泣如雨」，用下雨來比喻淚流不斷的樣子。不管是外在的容貌或內在的情感，這些比喻都把握住本體和喻體的共同點，而巧作形容，給人具體鮮活的感覺。

以上的明喻，只是片言隻字，另外還有一種明喻，是重複聯貫，用好幾種喻體來形容一個本體，有人稱之爲貫比或博喻。例如：〈衛風・碩人〉的「手如柔荑，膚如凝脂，領如蝤蠐，齒如瓠犀」等等，連用古人日常生活中習見之物，如柔嫩的初生白茅等等，來形容莊姜的體貌之美；〈小雅・斯干〉篇中連用了四個明喻，來形容宮室的建築之美：

如跂斯翼，　　像腳跟那樣企立，
如矢斯棘；　　像箭那樣有棱角，
如鳥斯革，　　像飛鳥那樣展翅，
如翬斯飛。　　像錦雞那樣飛躍。

又如〈大雅・常武〉篇中連用了六個明喻，來強調周宣王征伐徐國時的軍隊多麼威武雄壯：

王旅嘽嘽，　　王師陣容多整齊，
如飛如翰，　　像飛鳥，像天雞，
如江如漢，　　像長江，像漢水，
如山之苞，　　像山峰這樣攢聚，

如水之流。　　像流水這樣連續。

用飛鳥天雞來比喻王師的士氣昂揚，行動敏捷；用長江漢水來比喻王師的士兵眾多，聲勢浩大；用山峰如聚、波濤如怒，來比喻王師的雄壯威武，所向無敵。這種重複聯貫的比喻，無疑的，使被比喻的本體形象更鮮明，感染讀者的力量也更大。

比喻的第二大類是暗喻，也叫隱喻。它不像明喻那樣使用「如」、「若」之類的喻詞，而是讓本體和喻體都同時出現，有時候本體依附在喻體上，有時候本體和喻體合為一體。這在〈風〉、〈雅〉詩中，是常見的一種寫作方法。

例如上面引過〈衛風．碩人〉的「手如柔荑，膚如凝脂，領如蝤蠐，齒如瓠犀」，每一句都有個「如」字，說什麼事物「如」什麼事物，這當然是明喻，但「齒如瓠犀」下面的句子：「螓首蛾眉」，嚴格說來，就是暗喻。螓首，是說額頭像小蟬(有人說是蜻蜓)那樣方正；蛾眉，是說眉毛像蠶蛾那樣細長。這裡不說「首如螓」、「眉如蛾」之類的話，而把「如」或「像」之類的喻詞隱去不用，直接說出「螓首蛾眉」，將本體和喻體合而為一，這是暗喻的一種形式。同樣的道理，〈小雅．正月〉篇中「哀今之人，胡為虺蜴？」二句，是說當時的統治者，為什麼是像虺蜴一樣有害的毒物。詩中不說「如」而說「為」，簡單的說，是把

「今之人」和「戚施」視爲一物，把本體和喻體合爲一體了。

至於把本體依附在喻體上的暗喻，也有人稱之爲對喻。《詩經》中對喻的作品，大多數喻體在前，例如〈齊風・南山〉一詩，諷刺齊襄公的淫亂無恥，有云：

析薪如之何？　劈柴應該怎麼辦？
匪斧不克；　沒有斧頭就不行；
取妻如之何？　娶妻應該怎麼辦？
匪媒不得。　沒有媒人就不成。

用砍柴不能沒有斧頭，來比喻娶妻不能沒有媒人。這和〈豳風・伐柯〉一詩所說的：「伐柯如何？匪斧不克。取妻如何？匪媒不得。」可以說是同一機杼。

除了〈國風〉之外，〈雅〉詩中也不乏此類作品。例如〈大雅・抑〉篇中，強調謹言慎行的重要，這樣說：

白圭之玷，　白玉珪上的瑕疵，

尚可磨也；　　還可以琢磨掉呀；

斯言之玷，　　這些言論的污點，

不可為也。　　卻不可以取消呀。

用白珪上的污點尚可磨掉，來反面說明說錯了話卻無法收回。「白圭之玷」二句是喻體，「斯言之玷」二句是本體。二者前後對照，一虛一實，在緊密關聯的對喻中，深化了詩中所要表達的諷喻之旨。

喻體在後的例子，比較少見，這裡從略。

第三大類的比喻，是借喻。借喻是本體和喻詞都不出現，而以喻體來直接代表本體。例如〈邶風・新臺〉原是諷刺衛宣公劫取兒媳的詩篇，詩中的「籧篨」、「戚施」，據後人考證，即蝦蟆、蟾蜍一類的醜怪之物。雖然詩人藉它們來比喻醜惡的衛宣公，可是篇中卻未出現正式諷刺衛宣公的字面或喻詞。同樣的情況，〈衛風・氓〉一詩，原是描寫商婦被棄的悲哀；她是古代農業社會的典型婦女，採桑養蠶為日常工作，所以詩中的第三、四章的開頭，就以桑葉春秋二季的不同，來借喻婚姻初期和後期的變化。初期是：

桑之未落，　桑葉未落的時節，
其葉沃若。　它的葉兒多鮮潤。

而後期則是落葉時節的樣子：

桑之落矣，　桑葉如此凋落了，
其黃而隕。　它又枯黃又飄零。

借景言情，把棄婦婚姻前後期的不同，作了鮮明的對比。這些例子都是用喻體來直接代表本體的借喻形式。

《詩經》中的比，除了上述明喻、暗喻和借喻三大類之外，有人以爲還應該包含比擬或象徵等藝術手法。比擬、象徵和上述的三種比喻，共同點是都用某一個事物來表達另一個事物，但在比擬或象徵中，這兩個事物之間的關係，換言之，即喻體和本體之間的關係，則不如上述三種比喻那樣密切。例如〈魏風．碩鼠〉把暴虐的統治者說成大老鼠，但大老鼠究竟用來比喻誰，則詩中隻字未提。這是把人格物化的寫法。同樣的寫法，〈豳風．鴟鴞〉比〈碩鼠〉更徹底，更值得注意。〈碩鼠〉還採用人與鼠對話的呼告方式，〈鴟鴞〉則完全是一隻母鳥的自述，訴說貓頭鷹對她家人的迫害以及她目前所面臨的困境，自首至尾，完全與人無涉，可以說是我國最早的一首寓言詩。雖然表面上看來，這首詩全是鳥的自述，與人無涉，但讀者讀了以後，卻又不免覺得它有言外之意，有所寄託，引發讀者作種種的聯想。它有點像借喻，但又似乎不是。這就是所謂象徵的手法。

三、興

興，是起興，是先說某一事物，來引導對另一事物的聯想。興，和賦比較容易區別，和比則較不容易釐清。原因是：比、興都涉及了兩個事物之間的關係。前人爲了區別二者的關係，有人說：比是「比方於物」，興是「托事於物」；有人說：比是「情附物」，興是「物動情」。我們根據前人的說法，大致可以了解：比、興雖然都涉及了兩個事物之間的關係，但比者重在形象上直接的關聯，而興則側重內在的間接的關聯。比，是並列關係，是心中已有主意，而另外選擇形象相似的事物，來作喻體，來作比方，因此是以物喻物，是切類以指事；興，則是前後關係，是由眼前的事物引起對另一事物的回憶或感觸，喻體和本體不必有密切的關係，因此是觸物起情，是依微以擬議。也因此，興在詩中的作用，往往是在篇章的發端，先起個頭，先營造一種環境氣氛，然後起發人心，引出正文，這也就是朱熹所謂「先言他物以引起所詠之物」的意思。

興在篇首發端的例子，如〈周南．關雎〉的一開頭二句：「關關雎鳩，在河之洲」就是。這雙雙對對在河上洲中關關和鳴的水鳥，其實只是個引子，後面的「窈窕淑女，君子好逑」，才是正文所要歌詠的主角。古人以爲雎鳩這種水鳥，雌雄之間，情意專一，不肯亂交，所以詩人用來起興，藉以引出君子淑女是理想配偶的描寫。獨立來看，「關關雎鳩，在河之洲」二句，可以說是賦，寫詩人即目所見；配合下文來看，它又好像是比，用關關和鳴的雌雄水鳥，來比喻君子淑女。但我們綜觀全篇，則可發現詩人是由此起興，托物寄意，言在此而意在彼。有不少的詩篇，本來就是先用賦的寫法，直接敘寫了某一事物的形象或狀況，然後再用這個事物來進行比喻或起興。比喻或起興時，自然牽涉到上述兩個事物之間的關係，假設是形象上的關係，以物喻物，那麼就是比，它往往出現在章中或句中，在詩篇中只起局部的作用；假設是內在的關係，觸物起情，那麼就是興，它往往出現在篇章之首，起貫串全篇的作用，而且它會留給讀者比較寬大的想像空間。明白了這個道理，就可以明白〈碩人〉篇中的「手中柔荑，膚如凝脂，領如蝤蠐，齒如瓠犀，螓首蛾眉」等句，只是用多層形象化的比喻，描寫衛莊姜的美貌，與篇旨無關。這與「關關雎鳩，在河之洲」二句，在詩篇中所起興的作用，是不相同的。

除了在篇首開端數句之外，興的作用，有時候是在首章。例如〈周南・葛覃〉一篇，主旨是寫一位貴族家庭的婦女，準備歸寧父母，詩共三章，首章如下：

葛之覃兮，	葛藤這樣蔓延呀，
施于中谷，	蔓延到了山谷裡，
維葉萋萋。	葉兒長得真茂密。
黃鳥于飛，	黃雀成群在飛翔，
集于灌木，	聚集在小樹叢上，
其鳴喈喈。	牠們鳴叫聲嘹亮。

這是借眼前景物起興。這和第二、三兩章用賦筆，寫採葛、織布、洗衣的相關事情，當然有所不同。

除了在首章或某章之外，興的作用，有時候是表現在詩中各章的同樣事物上。例如〈周南・桃夭〉篇，歌詠男女婚嫁，詩共三章，每章都以「桃之夭夭」起興，然後藉桃樹的「灼灼其華」、「有蕡其實」、「其葉蓁蓁」，來形容出嫁的女子，由開花、結果到枝葉繁茂，暗示了古人所說的多子多孫，和家庭生活的美滿。又如〈秦風・蒹葭〉篇，抒寫思慕不得之情，詩共三章，每章都以蒹葭和白露起興，第一章是「蒹葭蒼蒼，白露爲霜」，第二章是「蒹葭淒淒，白露未晞」，第三早是「蒹葭采采，白露未已」，不但由此觸物生情，而且藉時間的推移，來表達對秋水伊人「所謂伊人，在水一方」的殷切思念。這都是在興中帶比，在興法中，還兼起比喻襯托的作用。這種寫法，在〈雅〉詩中也不乏其例。像〈小雅・鹿鳴〉一篇，共三章，第一章寫奏樂，第二章寫飲酒，第三章則奏樂、飲酒，兼而言之，最後寫賓主達到「和樂且湛」的境界。而三章的開頭二句，分別是「呦呦鹿鳴，食野之苹」、「呦呦鹿鳴，食野之蒿」、「呦呦鹿鳴，食野之芩」。它們都是用鹿鳴和蒿類的植物來起興的。古人說鹿是仁獸，因此由此起興的詩篇，也容易表現莊敬和樂的氣氛。以上的這些詩篇，各章都用同樣的事物來起興，配合了協韻等節奏音律，使《詩經》的很多作品，在重章疊句中，增加了思想情感的感染力，和往復無窮的韻味。

除了用各章同樣事物來起興之外，《詩經》中還有一些作品，是各章之間用不同的事物來起興的。例如〈齊風・南山〉一詩，即以多種不同的事物起興，諷刺齊襄公的淫亂無恥。

爲了說明的方便，茲錄全篇如下：

南山崔崔，	南面高山崔巍巍，
雄狐綏綏；	雄狐尋伴獨徘徊；
魯道有蕩，	魯國大道真平坦，
齊子由歸。	齊國姑娘從此嫁。
既曰歸止，	既然說是嫁了她，
曷又懷止？	為什麼又想念她？
葛屨五兩，	麻鞋兩兩結成對，
冠緌雙止。	帽帶雙雙鬢邊垂；
魯道有蕩，	魯國大道真平坦，
齊子庸止。	齊國姑娘用了它。
既曰庸止，	既然說是用了它，
曷又從止？	為什麼又糾纏它？

藝麻如之何？	種麻應該怎麼辦？
衡從其畝。	橫橫豎豎那田畝。
取妻如之何？	娶妻應該怎麼辦？
必告父母。	一定要告訴父母。
既曰告止，	既然說是告訴了，
曷又鞠止？	為什麼又過度了？
析薪如之何？	劈柴應該怎麼辦？
匪斧不克。	沒有斧頭就不行。
娶妻如之何？	娶妻應該怎麼辦？
匪媒不得。	沒有媒人就不成。
既曰得止，	既然說是成婚了，
曷又極止？	為什麼又過分了？

首章二句，以「南山」比喻齊襄公的高位，以「雄狐」比喻他和妹妹文姜私通的醜行。第二章開頭以鞋帶帽纓起興，說冠履上下各自成雙，來比喻男女配偶，不容混亂。第三、四兩章，也分別以種麻和劈柴爲喻，來說明婚姻大事，必須經過父母之命和媒妁之言，不可以違反禮教，私通暗授。可以說是各章各自爲興，興意各不相同。和上述的各章興句多半相同的格式，並不一樣。不過，在興法中兼起比喻襯托的作用，則與上述格式一致。清代陳奐《詩毛氏傳疏》就說過這樣的話：「比者，比方于物。蓋言興而比已寓焉矣。」

興，不但可以兼比，而且與賦也往往相互配合應用。有不少詩篇，即是先用興句，然後用賦體敘事、寫景或抒情的，甚至三者綜合運用，使作品呈現出更繁複更動人的面貌②。

② 歷來談論賦比興的論文不勝枚舉，如朱自清〈賦比興說〉(《清華學報》第十二卷第三期)、王季思〈說比興〉(《國文月刊》第三十四期)、胡念貽〈詩經中的賦比興〉(《文學遺產增刊》第一輯)、程俊英〈詩經的比興〉(《文學評論叢刊》一九七八年)等等，都有值得參考的意見。

第五章

詩經的語言藝術

有人說：文學是語言的藝術。我們想要了解《詩經》在形式技巧上的成就，除了要明白古人賦、比、興的說法之外，還要用現代人的觀點，去分析，去比較《詩經》的語言藝術，這樣才容易有更清晰更明確的認識。這就好像我們在上文介紹《詩經》的內容性質時，除了說明古人風、雅、頌的界義外，還用現代人的觀點，去分析比較作品的題材類別，是一樣的道理。

《詩經》的語言藝術，可以分成語言特色和藝術技巧兩方面來說明。

一、語言特色

《詩經》的語言特色，最明顯的是：句式以四言爲主。大部分的作品，都是四個字一句，這和後代五個字一句、七個字一句的五、七言詩，是迥不相同的。據統計，《詩經》中純用四言和以四言爲主的作品，篇數占全書九成以上，而其句式結構則多作上二下二，如「關關——雎鳩」、「之子——于歸」等等。

我們知道，句由字、詞累積組合而成。因此，在談句法之前，也應該注意到《詩經》中詞語及用字的特色。關於這方面，後人討論最多的，是虛字「兮」、「之」之類的語氣詞及重言疊字、雙聲詞和疊韻詞的廣泛應用。書中虛字詞常常重複使用，例如「兮」字用了三百多次，「之」字用了一千多次，其他如「乎」、「焉」、「矣」、「哉」等等，也比比而是。這些語氣詞，不但表達了各種不同的情意，而且也增加了詩歌的韻律感。重言疊字，指重複兩個相同的單音節，例如「關關」、「夭夭」、「依依」等等，不管是〈風〉詩或〈雅〉、〈頌〉，幾乎每一篇都出現過重言疊字，有的寫形貌，有的擬聲音，它們使很多篇章變得更有「聲」有「色」。雙聲詞，是指兩個字的聲母相同，如「參差荇菜」的「參差」，「蒹葭蒼蒼」的「蒹葭」；疊韻詞，是指兩個字的韻母相同，如「窈窕淑女」的「窈窕」，「婆娑其下」的「婆娑」。這些諧聲或諧韻的詞語，讀起來順口，聽起來悅耳，吟唱起來合拍入調，有回環往復之美，令人回味無窮，可以說是《詩經》中非常突出的語言現象。

《詩經》既以四言爲主，句式結構又多作上二下二，這種情況很容易使句子變得典重而不活潑，上述的虛字、重言、雙聲、疊韻，在四言詩中的配合運用，可能是使《詩經》令人覺得典雅而不凝滯的重要因素。

《詩經》的句式，雖然是以四言爲主，但以雜言形式出現的篇章也不少。少則每句一、二字，多則每句七、八字。

一字句如：〈鄭風・緇衣〉的「敝，予又改爲兮。」

二字句如：〈小雅・祈父〉的「祈父，予王之爪牙。」

三字句如：〈唐風・山有樞〉的「山有樞，隰有榆。」

四字句如：〈周南・關雎〉的「關關雎鳩。」

五字句如：〈小雅・鶴鳴〉的「鶴鳴于九皋。」

六字句如：〈周南・卷耳〉的「我姑酌彼金罍。」

七字句如：〈小雅・鹿鳴〉的「以燕樂嘉賓之心。」

八字句如：〈豳風・七月〉的「十月蟋蟀入我床下。」或〈魏風・伐檀〉的「胡瞻爾庭有縣貆兮。」

這些雜言的詩句，比起四言詩句要來得活潑有變化。它們和四言詩句的配合運用，使《詩經》不會千篇一律，不會流於單調呆板，整齊之中有錯落之美，參差變化，又不失典雅，靈活自然，耐人吟誦。

《詩經》的語言特色，第二點最引人注目的是：章法往往採用複沓的形式。複沓，用於歌舞的場合，是指重複的演唱打拍子；用於書面上，是指多章構成的詩篇中，各章相應的字句大抵相同，藉以反複吟詠同一事物或抒發同一感情。它不但可以便於誦讀，加深印象，而且也可以增進作品感染力。

《詩經》的複沓形式，富於變化，有很多種。有的是一篇之中，各章全部複沓的，例如上文一再談到的〈芣苢〉一詩，全篇就在「采采芣苢，薄言采之」的句式下，反覆重疊，不過把「薄言采之」的「采」，易爲「有」、「掇」、「捋」、「袺」、「襭」等字而已。另外，像〈周南・樛木〉篇也是在三章「南有樛木」、「樂只君子」的反覆重疊中，把「葛藟纍之」的「纍」，易爲「荒」、「縈」，把「福履綏之」的「綏」，易爲「將」、「成」等字而已。有的是一篇之中，各章局部複沓的，例如〈衛風・河廣〉一篇：

誰謂河廣？　誰說黃河河面廣？
一葦杭之。　一根蘆葦渡過它。
誰謂宋遠？　誰說宋國路遙遠，
跂予望之。　踮起腳我看見它。

誰謂河廣？　誰說黃河河面廣？
曾不容刀。　竟然不能容下刀。
誰謂宋遠？　誰說宋國路遙遠，
曾不崇朝。　竟然不須一清早。

每章之中，只有兩句複沓。也有複沓的部分是在章尾的，如〈周南・漢廣〉篇，就是每章章尾都以「漢之廣矣，不可泳思。江之永矣，不可方思。」來作結束的。有的是一篇之中，部分章節複沓的，例如〈鄭風・子衿〉和〈秦風・車鄰〉等等都是。這些複沓形式的詩篇，在全書占很大的比例，而且絕大多數的作品，是在〈國風〉和〈小雅〉之中。或許，這些作品來自民間或採集的成分居多，古代樂工或太師在配樂演奏時，爲了增加詠歎的情調，才加以改訂的，也未可知。

《詩經》中的詩篇，一般而言，每篇三到五六章，每章四到八句，各章之間，結構大同小異，往往只是變換一些詞語而已，眞可謂是重章疊句。這些重章疊句，看似複沓，卻又富於變化，因而使《詩經》的語言形式，在整齊之中，又兼有錯落之美。

《詩經》的語言特色，還有一點值得注意，就是韻律的諧和天然。《詩經》三〇五篇，除了〈周頌〉中的〈清廟〉、〈昊天有成命〉等七篇不押韻之外，其餘的作品都具有和諧而又自然的韻律，可以說是「從容音節之中，宛轉宮商之外」。

《詩經》的押韻方式，主要的有三種：一是句句押韻，如〈魏風・碩鼠〉第一章，〈小雅・節南山〉第六章；二是隔句用韻，如〈周南・桃夭〉第一章，第二句「灼灼其華」的「華」，和第四句「宜其室家」的「家」押韻，第一、三兩句則不押韻，換言之，是奇數行不押韻，偶數行才押韻；三是第一、二、四句押韻，第三句則不用韻，如〈邶風・靜女〉第一章，第一、二、四句的末字「姝」、「隅」、「躕」押韻，第三句「愛而不見」則顯然不能押韻。這三種方式之外，還有別的，不過這三種方式最爲常見。

從韻腳的部位來看，《詩經》的用韻，又有兩點可以注意。第一點，同一章之中，有的一韻到底，不換韻，有的則中途換韻。前者如〈靜女〉的第一章，後者如〈靜女〉的第二章。

第二點，有的韻腳不在押韻句的最後一個字，因為它是虛字或語氣詞，因此便以虛字或語氣詞的前一字為韻腳。例如〈伐檀〉第一章的「坎坎伐檀兮，寘之河之干兮，河水清且漣猗……」，「檀」、「干」、「漣」是押韻字，「兮」和「猗」只是語尾助詞而已。古今音韻已有變化，我們讀《詩經》千萬不可以今律古。用現在的音讀，去論《詩經》的用韻，有時候是會鬧笑話的①。

二、藝術技巧

以上所述，論列《詩經》語言特色的要點，以下則分別從幾方面，來說明《詩經》的藝術技巧。

上文說過的賦、比、興，與語言特色的雙聲、疊韻等等，當然也是廣義的藝術技巧，不過上文在論述時，多止於作形式上的分類，沒有對比興的手法、美刺的觀點，作進一步較深入的探討，所以本節擬以若干習用套語為例，說明它們別有含義，另有寄託。

① 參閱劉大白《舊詩新話》、王力《詩經韻讀》。

《詩經》的大部分作品，既然是采詩、獻詩所得，又經過樂工、太師的整理校訂，用字用語的趨於一致，是可以想見的。我們閱讀《詩經》，可以發現：爲了表達某些特定的情意，而使用了固定格式的套語②。

例如在《詩經》中，凡是詩篇的開端，寫到「采」或「采采」植物的，多與相思或婚姻生活有關。〈王風．采葛〉說「一日不見，如三月兮」；〈召南．草蟲〉說到南山採薇時，「未見君子，我心傷悲」；〈小雅．采綠〉說思婦因爲良人遠征，以致無心梳洗；〈小雅．采薇〉說返鄉途中的士兵，感嘆「靡室靡家」、「莫知我哀」。這些詩篇，幾乎都是以採植物起興，來寫念遠懷人之情。了解這個套語的用法之後，我們讀〈關雎〉篇的「參差荇菜，左右采之。窈窕淑女，琴瑟友之。」自然可以明白它比興手法；讀〈芣苢〉篇的「采采芣苢，薄言采之」，知道芣苢(車前子)可治婦女不孕之症時，自然也可以明白它的象徵意義了。

同樣的道理，《詩經》中寫到「析薪」、「伐柯」、「束薪」的詩篇，也多與婚姻有關。例如〈齊風．南山〉和〈豳風．伐柯〉兩篇，都拿「析薪」、「伐柯」來和「娶妻」作比喻。而所劈之薪材，往往綑在一起，浸漂水中，這就叫「束薪」。〈風〉詩中有三篇以「揚之水」

②　引用套語的例證，讀者如有興趣，請參閱張啟成《詩經入門》第四章〈詩經閱讀賞析指要〉。

爲題，分別是〈王風〉、〈鄭風〉和〈唐風〉。前兩篇「揚之水」，都藉激揚的流水，流不動成綑的薪材來起興，藉以描寫夫婦之間的婚姻生活。〈唐風・揚之水〉雖然沒有寫到「束薪」，但詩中寫到「白石鑿鑿」，水中白石既然閃閃鑿鑿，想要束薪流動，恐怕不容易，而且末句又說：「既見君子，云何不樂？」因此，與其他兩篇〈揚之水〉，其象徵意義應該是一致的。古人結親，必在黃昏，薪材有照明之用，故爲必需之物，也因此，析薪、束薪和婚姻的詩篇，就結了不解之緣了。

除了「采葛」、「析薪」之類的套語之外，像〈邶風・燕燕〉篇的「燕燕于飛」，〈豳風・東山〉篇的「倉庚于飛」，〈小雅・鴛鴦〉篇的「鴛鴦于飛」，都和下文「之子于歸」或嫁娶之象，有內在的關聯。這些固定格式的套語，代表某些特定的情意，應非偶然。

應用習見套語以表達特定情意以外，《詩經》也應用一種有暗示性的隱語，來描寫難以言宣的事物。它和隱喻、借喻看似相近，卻又不同。〈陳風・衡門〉第二章：

豈其食魚，　　難道說他吃鮮魚，
必河之魴？　　必須黃河的魴魚？
豈其取妻，　　難道說他娶妻子，

必齊之姜？　　　必須齊國姜姓女？

拿「食魚」來比喻「取妻」，非常明顯，第三章也一樣。或許我們可以說，這詩中的「魚」，只是「妻」的隱喻，未必是隱語廋辭。但是，假使我們再看看〈邶風・新臺〉的「魚網之設」，〈齊風・敝笱〉的「其魚魴鰥」，〈檜風・匪風〉的「誰能烹魚」，再看看聞一多〈說魚〉一文所舉的論證，就可以明白：「魚」在《詩經》中，常常是兩性之間互稱的隱語③。它的出現，不需要用比喻的手法。

除了「魚」之外，「雨」也是《詩經》常用的隱語。像〈衛風・伯兮〉一詩，抒寫閨婦思念遠征的丈夫，第三章如下：

其雨其雨，　　　要下雨了要下雨？
杲杲出日。　　　偏偏高高出太陽。

---

③參閱聞一多《神話與詩》中〈說魚〉一文。聞一多其他的論著，如《古典新義》中的〈詩新臺鴻字說〉、〈詩經通義〉等文，也頗多新穎獨到的見解。

願言思伯，　　每當想起我老大，

甘心首疾。　　甘心頭昏腦發脹。

「雨」既與「日」對比，又與「思伯」的「伯」呼應，隱指丈夫。我們看〈召南・殷其雷〉一詩，說聽到南山響起雷聲時，思婦就高興的唱：「振振君子，歸哉歸哉！」我們看〈豳風・東山〉一詩，說思婦看到螞蟻出穴，鸛鳥長鳴，就趕快打掃房舍，因爲「我征聿至」，她的丈夫不久就要回來了。這是因爲雷聲隆隆，和螞蟻出穴、鸛鳥長鳴，都是陰雨來臨的預兆，而「雨」的降臨，又意味著夫婦的重聚歡會。它是古代民俗中的共用隱語，不是自然界的雨水。

透過這些套語、隱語等等藝術技巧，再配合比興美刺的抒寫，我們可以進一步了解《詩經》時代的審美意識。《詩經》中常常拿花拿玉來比喻人的容貌之美，常常用高大潔白來形容人的體態之美；歌頌心地的善良和品德的完美，反對刑政的苛嚴和人倫的廢棄，溫柔敦厚，情意深長，這些特點都成爲後來中國文學的優良傳統。

下編　楚辭

第六章　楚辭詮說

一、楚辭的產生

「楚辭」一詞，是指產生於戰國時代楚國的一種新興詩體，也用來指以屈原爲主的一些楚辭作家的作品。這個專有名詞，最早見於司馬遷的《史記·酷吏列傳·張湯傳》。傳中說朱買臣善讀《春秋》，又以「楚辭」得幸。不過，這裡所說的「楚辭」，還不是專書的名稱，而只是楚國人歌辭的意思。

楚國人的歌辭，根據宋代黃伯思的解釋：「皆書楚語，作楚聲，紀楚地，名楚物，故可謂之楚辭①。」可見這些歌辭，富於地方色彩，用楚國的語言寫作，用楚國的聲調朗誦，所記載的也都是楚國的風物。

我們知道，春秋以來，楚就是南方大國，尤其是在戰國時代，它更是足以與秦國爭衡抗勝的敵國。楚辭的代表作家屈原，是個愛國詩人，又是一位主張抗秦的著名政治家。他一向忠君愛國，看到國家的危急，君王的昏庸，因此寫了一些文采瓌奇的作品來諷諫。他希望藉此獻詩明志，感悟楚王，而不僅僅是抒發個人情感而已。他所寫的歌辭，爲了存君興國，一篇之中，再三致意，難免有逆耳之言、違礙之語。不但楚王不聽，而且大臣也恨之入骨。這個情況，在當時應該是社會廣爲人知的事情，沒有秘密可言。所以《史記・屈原列傳》才會這麼說：

> 屈原既死之後，楚有宋玉、唐勒、景差之徒者，皆好辭而以賦見稱，然皆祖屈原之從容辭令，終莫敢直諫。

---

① 此黄伯思《東觀餘論・校定楚辭序》語。原書已佚，據宋代陳振孫《直齋書錄解題》所引。

祖述屈原的「從容辭令」，不但意味著宋玉等人喜愛模仿屈原的文采，而且也反映出他們注意到屈原作品中的思想和情操。也因此，在屈原以身殉國，楚國不久也被秦國滅亡之後，忠心楚國的遺民，一方面倡言「楚雖三戶，亡秦必楚」，一方面對屈原的文采與忠貞，開始表現出無限的尊敬與同情。在這種趨勢下，屈原的作品受到楚人的重視、傳習，自是勢所必然之事。相對於此，秦國不會讓屈原作品在秦流傳，統一天下之後，更不會讓它傳誦於世，也是理所當然之事。

可是，等到秦亡漢興，屈原等人的作品卻重見天日，逐漸受到了君王乃至一般文士的賞愛。根據班固《漢書‧禮樂志》的記載，漢高祖劉邦是「樂楚聲」的。我們更不要忘記劉邦和項羽都是楚人，他們爭霸天下的時候，都打著楚國的名號，而且，在兵圍垓下時，劉邦還以「四面楚歌」的心理戰，對付項羽。不但漢高祖喜歡楚聲，他的兒子吳王劉濞和後來他的孫子淮南王劉安更是廣招賓客，大大發揚楚辭。在吳王劉濞的門下文士中，枚乘和莊忌（世稱「嚴夫子」）都是精通楚辭的；莊忌的兒子莊助，就是推薦朱買臣給漢武帝的人。淮南王劉安的都城在壽春，這是舊楚的最後一個都城，也是政治文化中心。淮南王劉安的門下文士，習見楚辭不用說，就是劉安本人，都還曾應漢武帝之命，作過〈離騷傳〉，爲屈原的〈離騷〉作了注解。這種情況，在漢武帝時，因爲他「方好藝文」，上有所好，下必景從，所以一時蔚爲風氣。

前面引用過《史記·酷吏列傳·張湯傳》，說朱買臣善讀《春秋》，又以「楚辭」得幸。同樣的記載，班固《漢書·朱買臣傳》說得更清楚：

會邑子嚴（莊）助貴幸，薦買臣。召見，說《春秋》，言楚辭，帝甚說之。

可見朱買臣得到漢武帝的寵幸，是由於同鄉莊助的推薦，也是由於他能解說《春秋》的大義、朗誦楚辭的作品。這裡「言楚辭」的「言」，指一種有音樂性的語言。《周禮·春官·大司樂》說：「以樂語教國子：興、道、諷、誦、言、語。」可見「言」可以指「樂語」而言。它可以指朗誦，也可以指謳歌。我們試看《漢書·朱買臣傳》，說朱買臣貧困時，賣柴爲生。他常挑著柴擔一邊走一邊「誦書」，他的妻子覺得可恥，勸他「毋歌謳道中」，而朱買臣卻「愈益疾歌」。足見這裡的「言」，應該包括朗誦和謳歌二者。也因此，稱「楚辭」爲楚人的歌辭或文辭，應該都不算錯。

楚辭採用的是楚語、楚聲。楚語還可以保存在書面上，楚聲則不可能。楚聲也稱「南音」，我們看《左傳·成公九年》有關鍾儀的記載，說他是楚國樂師，被晉人俘虜後，彈琴時依然「操南音」；我們再看看後來漢宣帝時，想聽楚辭的誦讀，還必須到九江（即楚國故都壽春）

去徵召年老的被公；甚至隋朝時，相傳僧人道騫「能爲楚聲，音韻清切」，這些記載都說明了：楚聲有南方大國楚人特有的聲調，並不是一般人所能誦讀或謳歌的。

楚聲有楚人特有的聲調，楚語也有楚人特有的語言。前人指出今傳的《楚辭》書中，使用楚地方言的有好幾十個，例如汩、搴、羌、邅、靈、紛、侘傺、閶闔等等，都可以從《方言》、《說文解字》中得到印證。另外，「兮」、「些」字的大量運用，以及它們出現在句中或句尾的位置，也都多少影響了文章的句式和語調。這種楚人特有的語言，用來描寫楚國特有的風物，又用楚地特有的聲調來謳歌或誦聲，自然和《詩經》等代表北方文學的作品不同，表現了獨特的風格。

這樣說，並不意味著《楚辭》和《詩經》等書毫無關係。事實上，楚國在春秋時代，雖然尚稱南蠻鴂舌之地，但久爲大國，諸侯各國交往時，君臣賦詩言志的風氣，仍然是不可少的。同時，《詩經》中的〈二南〉，本來就採集了江漢流域的詩篇，〈鄭風〉和〈陳風〉的歌謠，因爲鄭國早爲楚國控制，而陳國在西元前四八一年左右亦爲楚國所滅，無疑的這些地區的詩歌作品，都會在楚國流傳。因此，我們可以發現《楚辭》和《詩經》之間，頗有一些句型或句意相似的句子。例如〈天問〉的「禹之力獻功，降者下土方」，請看和〈商頌・長發〉的「禹敷下土方」多麼相似；〈九歌・東君〉的「援北斗兮酌桂漿」，請看和〈小雅・

大東〉的「維北有斗，不可以挹酒漿」多麼相似。也因此，《楚辭》的作品，固然有它獨特的地方色彩，但它受到《詩經》等北方文學作品的影響，是無庸置疑的。特別是「博聞強志」的屈原。他擔任過三閭大夫，要教導貴族子弟，要「接遇賓客，應對諸侯」，說他不熟悉《詩經》或周朝的政策文化，其誰能信？

因此，有人說楚辭的產生，一方面繼承、發揚了楚地文化固有的特色，一方面又接受了北方中原文化傳統的影響，交錯成文，遂生壯采。這種說法，有其見地，是無庸置疑的。

二、楚辭的名義

楚辭有一些異名別稱，各自有其意義和道理。

就廣義的詩歌而言，楚辭是中國詩歌的一部分，指的是楚地人所寫的詩歌作品。屈原在他的作品中，有時候就自稱其作爲「詩」。例如〈九章．悲回風〉裡說：「介眇志之所惑兮，竊賦詩之所明」，意思是說：「孤高幽渺的志向使別人迷惑不解，所以我私下寫詩來表明自己的心意。」不但屈原自稱其作是「詩」，後來漢代模擬屈原口氣、代屈原抒情寫志的作家，如莊忌〈哀時命〉的「志憾恨而不違兮，抒中情而屬詩」，王褒〈九懷〉的「悲九州兮靡君，撫軾嘆兮作詩」，都稱屈原的作品是「詩」。因此，假使有人說楚辭是詩，並不算錯。

不過，這裡要補充說明，楚辭雖然可以算是詩，但它和簡稱爲《詩》的《詩經》，意義是不同的。《詩經》原來只稱爲《詩》、《詩三百》或《三百篇》，被看作經書，是在戰國末年以後。在春秋時代，《詩經》是諸侯各國外交活動及文化修養必讀的教材；屈原所處的時代，雖然外交活動中賦詩言志的風氣，已經不通行了，但擔任三閭大夫的屈原，對於《詩經》一定不陌生。《詩經》所收的作品，當然是詩，可是同樣是詩，《詩經》裡的詩，和楚辭所收的詩，在形式體製和內容情思等等方面，都各有特色。甚至它們和散見於古籍的其他先秦詩歌，如〈南風歌〉、〈卿雲歌〉、〈塗山女歌〉等等，也一定有所不同。因此，當屈原在《詩經》及其他的先秦詩歌之外，創作了一種新體制的詩歌，稱之爲詩，固然可以；但爲了區隔它和一般泛稱的詩、《詩經》專稱的《詩》，有所差異，所以後人又稱之爲「辭」、「騷」、「賦」。

楚辭的「辭」，根據《說文解字》的解釋，是「訟」的意思。訟，即獄訟。理罪訴訟時，最需要言辭辯護；因此，語言文字需要文飾、講求修辭的，常常稱之爲「辭」，例如「辭令」、「命辭」等等。至少先秦時如此。秦漢以後，才把「辭」和所謂「意內而言外」的「詞」混同起來。實則二者意義原來並不一樣。

從文獻資料上看，處於江漢流域的楚人，是頗善辭令的。史書稱屈原「嫻於辭令」暫且不說，且看荀子晚年定居楚地，其〈賦〉篇中有云：「君子設辭，請測意之」，這裡所說的「辭」，意即隱語，而非直言，與辭令之義相通。上文引用過《史記・屈原列傳》，說屈原死後，宋玉等人「皆好辭而以賦見稱，然皆祖屈原之從容辭令，終莫敢直諫」，也可徵見「辭」有鋪陳從容之意，而非直諫之言。再看劉向《列仙傳》所引的「魯詩」之說，在解釋〈周南・漢廣〉一詩時，說鄭交甫遇見漢水女神，想去攀交，他的僕人卻這樣說：「此間之人，皆習於辭。不得，恐罹侮焉。」意思是說：楚地的人，口才都很好，萬一話不投機，恐怕你會自取其辱。從這些例子看起來，「辭」不但有辭令之義，而且它常常用來指楚人的辭令。

楚人的辭令，用到文學的創作上，它的地方色彩就更明顯了。過去有些學者，談到楚辭和其他詩體的不同，特別強調楚辭「長言短詠」的特點和語氣詞「兮」等字的運用，以此來說明它和《詩經》等古代詩歌在句式體制上的不同。可是，《詩經》雖然是以四言為主，但長短不整齊的句子也所在多有，「兮」字「之」字等語氣詞的運用也比比而是，所以光從這方面來說明楚辭的地方色彩，顯然說服力不夠。至少說理還不夠周洽，分析還不夠深入②。

---

② 參閱李華年〈騷體淵源新證〉一文，見《楚辭研究》一書頁三〇七至三二〇。北京文津出版社，一九九二年。

另外有些學者，注意到楚地的風俗、音樂和方言。楚人信巫鬼，重淫祀，占卜、降神的風氣很盛。裝神扮鬼的巫者，在祭祀時，通常「作歌樂鼓舞以樂諸神」，因而音樂、舞蹈和詩歌常常合爲一體。就歌舞而言，我們從〈離騷〉、〈招魂〉、〈大招〉等篇中，還可以看到「九辯」、「九歌」、「涉江」，「采菱」、「駕辯」、「勞商」等等楚國特有的樂曲名稱，可以想見古代楚國地方音樂的發達。這些地方音樂，要用楚人的語言聲調，來歌唱吟誦，才能顯出它特別的味道，有時候，還要配上楚地特有的舞蹈，才更能看出它的地方色彩。《史記・留侯世家》中記載漢高祖劉邦，曾經對他最寵愛的戚夫人說：「爲我楚舞，吾爲若楚歌。」這就說明了楚舞楚歌與一般的歌舞是不同的，否則不必加上「楚」歌「楚」舞的名稱。就詩篇而言，像〈離騷〉、〈九章〉等篇中，有些篇章都還保存有「亂」，有「倡」、「重」、「少歌」等等樂曲的形式。「亂」，指樂曲中最後一節的齊鳴合唱。「倡」、「重」，指樂曲重新開唱的部分。「少歌」，類似小結，指樂曲中穿插的小合唱。其他如〈九歌〉的開頭，〈東皇太一〉一章所說的：

揚枹兮拊鼓，　　拿起鼓槌啊把鼓咚咚敲響，

疏緩節兮安歌，　　舒緩的節奏啊安祥的歌聲，

陳竽瑟兮浩倡。　陳列竽笙合奏啊放聲歌唱。

最後〈禮魂〉所說的：

成禮兮會鼓，　完成祭禮啊一齊急速敲鼓，
傳芭兮代舞，　傳遞花朵啊輪番更替跳舞，
姱女倡兮容與。　美麗女巫領唱啊很有節度。

這些前後相承應的樂曲形式，都足以說明楚辭和楚地音樂歌舞的關係。

除了楚國的風俗、音樂之外，楚人方言對楚辭也有其特殊的意義。上節曾經引用了朱買臣、九江被公、隋僧道騫能爲楚聲、誦讀楚辭的資料，來說明楚語有其特有的聲調。這不止其他國家其他地區的人學不會，就是一般楚人也學不會。要不然，朱買臣、九江被公、隋僧道騫，都不會被特別標舉出來。

我們有理由相信，楚辭這種新興詩體，是屈原結合了上述楚語楚聲的特色，用楚人特有的辭令技巧，適應時代的需要，所創作的詩歌作品。這些作品，以〈離騷〉爲主，也最爲後人所注目；後人競相模倣，逐漸定型，成爲一種新的詩歌體制。怎麼稱呼它才好呢？稱「詩」太泛，容易與《詩經》的《詩》相混淆；稱「歌」太泛，容易與歌舞的歌相混淆。恰好前人慣用「辭」來稱讚楚人的辭令，所以稱之爲「辭」，或「楚辭」③。

稱「辭」或稱「楚辭」，原無固定。到了劉向編選《楚辭》十六卷時，「楚辭」這個名稱才固定下來。不過，劉向所說的「楚辭」，事實上是指屈原的作品專集。這一點，歷代研究楚辭的學者是了解的。所以《隋書．經籍志》才會說這樣的話：

楚辭者，屈原之所作也。……楚有賢臣屈原，被讒放逐，乃著〈離騷〉……。弟子宋玉痛失其師，傷而和之。其後賈誼、東方朔、劉向、揚雄嘉其文采，擬之而作。蓋以原楚人也，謂之楚辭。

明代陸時雍的《楚辭疏．條例》中也才會這樣說：

③ 以上多採自筆者個人的論斷。讀者可參閱丘瓊蓀〈楚調鉤沉〉（《文史》第21期）和殷光熹〈楚辭的歌節變化及其特點〉（《思想戰線》，一九八二年）等文。

自屈原感憤陳情，而沅湘之音，創為詩體。其人楚，其情楚，而其音復楚，謂之楚辭，雅稱也。

到明末清初為止，這種觀念一直沒有改變。即使從清初起，像錢澄之的《屈詁》、戴震的《屈原賦注》，企圖把屈原的作品和後人擬作區隔出來，但習慣已成，清代以後仍有學者在《楚辭》名義下僅僅收錄屈原一人之作，像林雲銘的《楚辭燈》就是；甚至有人如董國英的《楚辭貫》，更是僅僅收錄〈離騷〉一篇。

用「騷」來稱楚辭的，是因為〈離騷〉是屈原的代表作，在楚辭中占有重要的地位，所以用它來做為屈原作品乃至楚辭全體的代稱。劉勰《文心雕龍》有〈辨騷〉篇，蕭統《昭明文選》有「騷類」，都是為了區分楚辭和漢賦，才把〈離騷〉突顯出來，用來概括楚辭體的所有作品。這樣的做法，其實也有根據。東漢王逸在編纂《楚辭章句》時，就已經在屈原所作篇名原題上，冠以「離騷」或「楚辭」，可見其來有自。我們檢查《楚辭》的句式，可以發現〈離騷〉不但篇幅長，而且它的句式，基本上每句六、七個字，每兩句一韻，不押韻句的語尾多用助詞「兮」字。這種句式，除了〈九章〉中〈涉江〉、〈抽思〉、〈懷沙〉等多篇採用之外，和〈九歌〉把「兮」字置於句中、〈天問〉〈橘頌〉以四言為主、〈卜居〉〈招魂〉等雜用散句，都不一樣。可見〈離騷〉在形式體制上，確實有它獨特之處。而這個也可能是屈原創作新詩體成功的因素之一。因此，以「騷」來概括楚辭，也有它的道理。

除了以上的異名別稱之外，也有人以「賦」來稱楚辭。漢代對於楚辭和賦的分際，起先是很難分得清楚的。《史記・屈原列傳》中，曾說「屈原乃作〈懷沙〉之賦」，《漢書・藝文志》分賦為四種，首列「屈原賦二十五篇」，並且說：「不歌而誦謂之賦」。這是不是意味著屈原的作品，只可「誦」而不可「歌」呢？事實如何，亦不得而知。不過，從漢賦和楚辭的比較中，我們知道二者是同中有異的。

劉勰《文心雕龍》中，不但有〈辨騷〉篇，而且還有〈詮賦〉篇。前者論楚辭體的作品，後者則論漢代的賦體作品。大致說來，楚辭體的作品，特色是感情濃烈，意象瓌奇，長於敘事，描寫細致；賦體的作品，特色是摹寫物態，說明事理，往往堆砌辭藻，韻散並呈，採用問難對答的方式。前者妙在聲調清切，抒發個人的情感；後者重在鋪陳富麗，適合宮廷的需要。從文學史的觀點看，楚辭和漢賦是有分別；但從辭賦的關係看，楚辭是漢賦的先聲，漢賦是楚辭的後繼，二者有時候是很難釐分清楚的。

三、楚辭的編集與流傳

西漢初年，屈原、宋玉等人的作品，應該是單篇流傳的。漢高祖劉邦喜歡「楚聲」，文帝、景帝的時候，吳王劉濞及他門下的文士，像枚乘、鄒陽、嚴夫子，也都是楚辭的愛好者，後來武帝時，淮南王劉安及其賓客，更不用說。他們對於流傳的屈、宋等人作品，恐怕「慕而述之」的成分多，未必加以整理結集。賈誼在文帝時謫居長沙，那是屈原晚年流放之地，他先後寫過〈弔屈原賦〉、〈鵩鳥賦〉，對屈原深表同情，但沒聽說他蒐集過屈原等人作品。司馬遷曾訪求過屈原遺跡，讀過〈離騷〉諸作，他在武帝時編著成的《史記》，爲屈原寫了傳，但也沒聽說他讀過屈原的集子。據《漢書．淮南王安傳》的記載，淮南王劉安廣招天下文士著作辭賦，他自己也「博辯，善爲文辭」，甚獲武帝尊重。漢武帝曾經「使爲〈離騷傳〉」，他雖然「旦受詔，日食時上」，不到半天就交了卷，但他所寫的〈離騷傳〉，只是爲〈離騷〉解說作注，而不是整理彙集屈原的所有作品。在歷史上，第一個爲屈原作品做彙集整理工作的人，是劉向。

劉向歷經宣帝、元帝、成帝三朝，學問淵博，在校理古籍方面，對後世有莫大的貢獻。

漢朝從武帝時下令民間獻書，到成帝時又派人到各郡國去蒐集，因此百年之間，宮中藏書，堆積如山。武帝喜歡楚辭，用不著說；宣帝比起武帝來，更是有過之而無不及。根據《漢書・王褒傳》的記載，宣帝喜愛辭賦，「所幸宮館，輒爲歌頌。第其高下，以差賜帛。」可見當時的楚辭，還可歌可頌，而宣帝樂此不疲。因此引來一些大臣的勸諫。想不到宣帝卻這樣說：「辭賦大者與古詩同義，小者辯麗可喜。辟如女工有綺縠，音樂有鄭衛，今世俗猶皆以此虞說耳目。辭賦比之，尚有仁義風諭、鳥獸草木多聞之觀，賢於倡優博奕遠矣」，認爲辭賦自有好處，不必菲薄。在這種帝王倡導的風氣影響之下，原來單篇流傳民間的楚辭，就慢慢彙集起來了。

劉向坐擁書城，在校理群經之餘，同時校定了流傳在世的「屈原賦二十五篇」，並將屈原以下，宋玉及賈誼等漢初文士模倣之作，加上自己所作〈九嘆〉，輯爲一集，就取名爲「楚辭」。這也就是《楚辭》結集眞正的開始。

劉向所編選的《楚辭》，可以看出來自有他取捨的標準。他想編選的，不是楚辭作品的總集，而是輯錄屈原的紀念集，把當時傳世的屈原作品彙集起來，再把宋玉以下追愍屈原的辭賦做爲附錄。簡單的說，劉向所編《楚辭》的目的，就是要追愍屈原，並且彰明屈原的孤忠諒節。否則，當時流傳的楚辭作品還有不少，沒有理由不收錄。據班固《漢書・藝文志》

的著錄，這些著錄大抵是根據劉向兒子劉歆的《七略》寫成的，當時著錄的有：屈原賦二十五篇、唐勒賦四篇、宋玉賦十六篇、孫(荀)卿賦十篇、秦時雜賦九篇。這些都是楚辭之賦，漢人的楚辭作品更是不勝枚舉。爲什麼這些作品，劉向不全部收入呢？理由很簡單，因爲有的作品，不合乎他編選的標準。

或許劉向沒有把當時所有的楚辭作品，編成一部總集，是令人遺憾的，但不可否認，也由於他編選了這部《楚辭》，一些重要的楚辭作品才賴以保存。

劉向編選的《楚辭》，原書現在已經看不到，但從王逸的《楚辭章句・敘》，和《四庫提要》等資料推測，可以知道他裒集了：「屈原〈離騷〉、〈九歌〉、〈天問〉、〈九章〉、〈遠遊〉、〈卜居〉、〈漁父〉，宋玉〈九辯〉、〈招魂〉，景差〈大招〉，而以賈誼〈惜誓〉、淮南小山〈招隱士〉、東方朔〈七諫〉、嚴忌〈哀時命〉、王褒〈九懷〉，及向所作〈九嘆〉」，共爲十六卷。這本書，就是後來王逸編《楚辭章句》時的藍本。從此，楚辭作品不但有了專集，而且《楚辭》也成了一部詩歌專集的名稱了④。

④關於楚辭編集成書的過程，湯炳正《屈賦新探》以為劉向之前，已有人陸續纂輯，劉安及其門客可能著力最多；林維純〈劉向編集楚辭初探〉(《暨南學報》一九八四年三號)則以為劉向仍為集大成者，只是最後未完稿而已。

除了編選《楚辭》之外，劉向在《新序》一書的〈節士篇〉裡，也記敘了屈原一生的事跡和高尚的節操，而且跟同時的揚雄一樣，寫了〈天問解〉，這比起武帝時淮南王劉安爲〈離騷〉作注，對楚辭的流傳和研究，似乎又推進了一步。

東漢前期，班固、賈逵撰寫了《離騷經章句》，馬融撰寫了《離騷注》，一直到東漢中葉，大家對楚辭注意的重點，大致都集中於〈離騷〉、〈天問〉的注釋，以及對屈原人格的讚嘆。比較特別的是，班固批評屈原「露才揚己」、「責數懷王」、「忿懟不容」。這和淮南王劉安以來推崇屈原「其志潔，其行廉」、「雖與日月爭光可也」等等的讚嘆之詞，是大相逕庭的。也因此，後來對班固的說法表示異議的學者，不在少數。

東漢末年，王逸的《楚辭章句》問世了，這是現存的第一部完整的楚辭專著。他根據劉向所編《楚辭》十六卷，加上自己所作〈九思〉一篇，合爲十七卷，從訓詁、校勘、釋義、評文等各方面，對戰國以迄東漢的楚辭相關資料，全面檢討。《楚辭章句》的「章句」，意思是說解說章節大義和訓詁字句，原是爲初學者而作，這與他在安帝時任職校書郎不無關係。他一方面肯定屈原的立身行事，斥班固的說法「無異妾婦兒童之見」，一方面校理漢人舊說，加上他是南郡宜城人，這是故楚之地，能夠了解楚地的方言和語法，所以他的這本書，成了後來研究楚辭者必讀的經典。像《四庫提要》就稱它是總集之祖，列在集部之首。

魏晉到唐五代這段時期，像晉代郭璞的《注楚辭》三卷、劉宋時代何偃的《楚辭刪王逸注》等書，基本上是對王逸舊說的補充和刪定，比較不受後人重視。被後人重視的是，這段時期出現了不少有關楚聲音讀的著作，像：晉代徐邈的《楚辭音》一卷、劉宋時代諸葛民的《楚辭音》一卷、孟奧的《楚辭音》一卷、隋代釋道騫的《楚辭音》一卷等等。這些書都著錄於《隋書．經籍志》，可惜今多亡佚了，只有釋道騫的《楚辭音》，在敦煌石窟中發現了唐寫本殘卷，僅存八十四行，現藏法國巴黎圖書館。由此亦可看出，魏晉以後的楚辭，在楚聲特殊音讀方面，幾乎已成絕學，更遑論歌誦了。

宋元時代，是非常值得注意的一個階段。有關《楚辭》校勘、訓詁的著述，爲數不少。其中最重要的學者，是洪興祖和朱熹。

洪興祖是南宋丹陽人。著有《楚辭補注》和《楚辭考異》。《楚辭補注》以王逸《楚辭章句》爲底本而補其不足，既有補缺，又有糾誤，保存了不少六朝以來學者的評注，總結了歷代楚辭研究的成果，材料非常豐富，是楚辭學上的重要著作。《楚辭考異》參校了唐宋等名家約二十種的校本，考其同異，對《楚辭》的版本研究，很有參考價值。

朱熹是南宋著名的學者。他注解的經書，成爲後人必讀的教本；他的《楚辭集注》（附辨證、後語），也成爲後世楚辭學者必備的參考書。他不以王逸的《楚辭章句》爲準的，而以屈原所作二十五篇爲「離騷」，共五卷，宋玉以下十六篇爲「續離騷」，共三卷，篇目上頗有改動。他對文字訓詁、名物注釋，要求簡明扼要，而且不以此爲限，還要求在講訓詁的同時，能夠闡明屈原的微言深意。

除了洪興祖、朱熹以外，晁補之、黃伯思等不少學者，都有楚辭的相關論著。在楚辭研究史上，這是非常輝煌的一個階段。不但研究的學者多，論著多，而且屈原備受推崇，先後被追封爲「忠潔侯」、「清烈公」、「忠節烈公」。

明、清二代，注解考釋楚辭的論著，更是不勝其數。其中以汪瑗《楚辭集解》、王夫之《楚辭通釋》、林雲銘《楚辭燈》、蔣驥《山帶閣注楚辭》、戴震《屈原賦注》等書，最受後人矚目。

明代汪瑗的《楚辭集解》，訓詁名物，引證廣博，也論及各篇大意。大致說來，汪瑗務求新說，提出不少前所未有的新見解，例如主張〈九歌〉的〈禮魂〉是前十篇的「亂辭」、〈湘君〉和〈湘夫人〉是配偶神的祭歌、〈九章·哀郢〉的創作時間是秦將白起破郢之際。像這些看法，都可謂別出心裁，迥異舊說。

王夫之是明清之際著名的學者，他的《楚辭通釋》是寄慨之作。他藉注釋楚辭來抒發自己的亡國之痛。他解釋楚辭作品，頗出己見。例如他認爲〈九歌〉、〈九辯〉都是用古樂章舊名創作的新詞，「辯」即「遍」的意思，又認爲〈九歌〉中的〈禮魂〉是「送神之曲」。這些看法，常被後人所引用。

清代康熙雍正年間的蔣驥，花了二十多年的時間，寫了《山帶閣注楚辭》(附〈餘論〉、〈楚辭說韻〉)，這是一部富於開創性的著作。他詳考屈原的生平事跡及作品的創作年代、地點，並附〈楚辭地理〉五圖，推測屈原流放的路途。考據精審，很有參考價值。〈餘論〉考辨名物的異同，駁正舊注的疏誤，〈說韻〉則探討楚辭的聲韻問題，也都有可取之處。

戴震是乾隆時的樸學大師。因此他的《屈原賦注》(附〈通釋〉、〈音義〉)，重考據，不尚空談。注釋簡明扼要，條理非常清楚。〈通釋〉注解山川地名，草木蟲魚，〈音義〉校定屈原作品的韻讀(據說是汪梧鳳所著)，都言之有據，值得參考⑤。

---

⑤ 參閱趙沛霖《屈賦研究論衡》、梅桐生《楚辭入門》等書。

民國以來的楚辭學者，梁啓超、聞一多、郭沫若、游國恩、姜亮夫、馬茂元等人都是大家，他們的論著，限於篇幅，請參考本書附錄，這裡就略而不論了。

第七章

屈原其人其辭

一、屈原生平

屈原名平，是戰國時代的楚國人，出身於楚王的同姓貴族。他的生平事跡，不見於先秦古籍，一直到司馬遷的《史記・屈原賈生列傳》中，才對他有若干扼要而又引起後人爭議的敘述。以下綜合前人時賢的研究成果，來對屈原其人其辭，作一簡明的介紹。

關於屈原的生年，有人根據〈離騷〉中的「攝提貞于孟陬兮，惟庚寅吾以降」二句，加以考證，有人（如王逸）以爲他生於寅年寅月寅日；有人（如朱熹）以爲他生於寅月寅日，是否寅年則不能確定。又有人根據前者王逸的說法，作具體年代的推算，但因爲所據夏曆、殷曆或周曆的算法不同，而有生於西元前三三五、三三九、三四〇、三四二、三四三、三五三等等不同年代的說法。同樣的，關於屈原的卒年，也有西元前二七七或前後一二年的不同說法。雖然眾說紛紜，但屈原生當楚宣王、威王之世，而卒於楚頃襄王二十二年左右，是可以確定的。

這個時代，是諸子並起、百家爭鳴的時代。墨子、孟子、莊子比屈原稍早，而荀子、韓非子則比屈原稍後。屈原的作品中，稱道堯、舜、禹、湯、文、武，批評桀、紂、啓、羿，和諸子並無二致。這個時代，也是朝秦暮楚、處士橫議的時代。策士遊說諸侯，必須重視修辭的技巧，才能憑其三寸不爛之舌，傾動天下君王之心。屈原作品中文辭的優美、設譬的新奇、情感的豐富，和這個時代的風氣不無關係。加上楚國一向巫風熾盛，所謂「信巫鬼，重淫祀」，以爲萬物有靈，對天地山川人鬼無所不祭，因而升天入地、人神相戀種種浪漫的想像，都可以入辭，化爲作品中的奇思壯采。

屈原生活在這樣的時代環境裡，卻由於個性貞固，睠顧君王，不忘楚國，不像一般策士的「擇主而事」，因此多所矛盾，終至殉國而死。這不能不說是一齣歷史的悲劇。

屈原主要的活動時期，是在楚懷王和楚頃襄王執政的時代。在楚懷王時，他擔任過三閭大夫和左徒這兩個官職。三閭大夫的職責，是掌管屈、昭、景三大王族的事務，和教導王朝貴族子弟。有人以爲〈九章・橘頌〉即是他擔任三閭大夫時所作，用來勵志勸學；〈離騷〉

中的「余既滋蘭之九畹兮，又樹蕙之百畝」等句，也是他用栽種很多蘭蕙香草，來比喻他栽培了很多優秀人才。

在擔任左徒時，屈原起先很得懷王的信任。他主張聯齊抗秦，頗想在政事上有所改革，但由於得罪了權臣上官大夫靳尙等人，不但不能「舉賢而授能」，反而被陷害，被疏遠，被流放。

這是因爲當時楚國有親秦、親齊兩派，屈原是親齊派，而楚懷王即位之初，也頗思變法圖強，曾經聯合魏、趙、韓、燕等國合力攻秦，自爲合縱之長。秦惠王有鑑於此，擔心對秦不利，於是派遣張儀買通了楚國權臣靳尙等人，在懷王面前毀謗屈原，分化他們。懷王果然中了計，將屈原貶到漢北去。張儀乘機勸楚懷王和齊國絕交，表示秦國將割地六百里送給楚國，以爲酬報。可是等到楚和齊絕了交，張儀卻說答應的只有六里。楚懷王大怒，便舉兵伐秦，不料大敗而歸，這時候才想起遭貶數年的屈原，召他回朝，出使齊國求援。親齊派暫時抬頭，但不久親秦派又得勢。楚懷王不但不聽屈原之諫殺掉張儀，反而聽了被張儀買通的權臣之言，願意服事秦國。秦昭王即位後，不但約爲婚姻，而且楚懷王還曾經派太子入質於秦。最後，懷王被秦昭王騙到武關，拘留下來，就死在秦國。這件事是楚國人最痛心的，屈原更不用說。可是懷王的兒子頃襄王，即位之後，仍然聽信親秦派的話，將他放逐到江南去。屈原流浪在外，約有九年之久，仍然關心朝廷。他不忍看到楚國的衰亡，又想以一死來感悟頃襄王，最後就以身殉國，自沈在汨羅江中。

屈原第一次被斥離開郢都、謫居漢北的情形，有〈九章·抽思〉可以爲證。頃襄王時，他被流放到江南之野，起先是從郢都出發，沿著長江、夏水向東南走，經過洞庭湖和夏浦，然後到達今日安徽的陵陽。〈九章·哀郢〉的部分內容，就與此有關。大約九年之後，即頃襄王二十一年，秦將白起攻破郢都，楚國遷都至陳，這時候，屈原心擊故都，大致又循原路西還，經武漢、穿洞庭、入沅江，來到了辰陽、漵浦一帶。〈九章·涉江〉所寫的行程，即爲此而作。第二年，秦將張若攻占楚國的巫郡、黔中郡，屈原不願被俘虜，在悲憤中投水自盡。〈九章·懷沙〉一篇，據說就是屈原的絕命辭。這篇文章的開頭有「滔滔孟夏兮，草木莽莽」的句子，或許後人就據此而定他死於舊曆端午的五月五日。後代人在這一天吃粽子、划龍舟，甚至定之爲詩人節，可以說都是爲了紀念屈原的緣故。

屈原死後，楚國越來越衰弱，很多楚國人開始懷念他。因爲他忠君愛國的情操，聯齊抗秦的主張，以及他「哀民生之多艱」，對眾多人民的同情，再加上他以身殉國的悲劇，在在令人同情、感佩，所以他的作品廣爲人們所喜愛，不斷的加以傳習。班固在〈離騷贊序〉中說：

原死之後，秦果滅楚，其辭為衆賢所悲悼，故傳於後。

王逸在《楚辭章句‧離騷後序》中也說：

楚人高其行義，瑋其文采，以相教傳。

從這些話中，都可以看出屈原其人其辭，深受楚人的敬愛①。

二、屈原作品

屈原傳世的作品，主要的有〈離騷〉、〈九歌〉、〈天問〉、〈九章〉、〈遠遊〉、〈卜居〉、〈漁父〉等等②。

① 本節所述屈原生平，多採近人時賢之說，如金開誠《屈原辭研究》及《屈原集校注‧前言》等書。

② 屈原作品據《漢書‧藝文志》說，有二十五篇。但二十五篇究竟指哪些作品，歷來說法頗有不

〈離騷〉是屈原的代表作。「離騷」二字的意義，古人以爲是遭遇憂患或離別愁思的意思。近人則別作新解，有人以爲是古曲「勞商」的別名，意即牢騷；有人以爲是「欲擺脫憂愁而遁避之」的意思。甚至有人以爲是楚國方言「騷離」的倒言，至於「騷離」是什麼意思，則未作進一步解釋。歸納起來，解釋有二類：一類就字面解釋，一類視爲曲調名稱。何者爲是，殊難論斷。或許，二者合觀，更近原意。至於〈離騷〉的寫作年代，歷來說法也頗不一致。漢代以來，學者多數認爲作於楚懷王時代，但因爲篇中有「傷靈脩之數化」、「老冉冉其將至」的話語，顯然有政令反覆、傷老嘆逝的感慨，不像壯年人的口氣，所以作於楚懷王的哪一個時期，仍然有所爭論。另外有人(如游國恩)根據篇中有沅湘等江南地理名詞，而認定作於頃襄王時期。

〈離騷〉長達三百七十多句，約二千五百字，是一首自敘生平的抒情長詩。屈原先從自己的家世出身寫起，進而敘寫自己的品德懷抱，忠君報國，可惜楚王卻聽信讒言，以致自己蒙冤被斥；其次敘寫親人的關心與告誡，可是自己卻矢志不肯從俗變節，藉幻想到九嶷山去

同。例如郭沫若〈屈原考〉(《郭沫若古典文學論文集》，上海古籍出版社，一九八五年)即以為〈遠遊〉非屈原所作，而應補入〈招魂〉。

向帝舜訴說自己的理想，並陳述歷代興亡的政治教訓；藉幻想自己上下求索，去謁天帝，去求美女，來比喻自己對政治理想的追求，但舉世混濁，結果仍然難免失敗的命運；最後，自己在無可奈何之下，藉靈氛的占卜、巫咸的啓示，決定去國而遠遊。可是，就在他騰空高飛的時候，他卻又忽然看到故都舊鄉，雖欲去而不忍。全篇用強烈的情感、豐富的想像、濃郁的色彩，來表現理想和現實之間的矛盾，來描寫內心不知何去何從的痛苦，充分顯露了屈原瑰麗雄奇的文章風格。後人尊之爲「經」，並拿它來做爲《楚辭》的代稱，都可以看出它在《楚辭》中的地位。

〈九歌〉，原是樂歌的名稱，相傳是夏代的樂曲。從屈原的〈離騷〉、〈天問〉以及《山海經・大荒西經》曾經提到〈九歌〉的資料來看，它和〈九辯〉常常並稱，應該是來源甚古的樂歌；從《左傳・文公七年》或《尚書・大禹謨》等引用資料來看，它又可稱爲「九德之歌」，不但可以協和陰陽，還可以用來正德、利用、厚生，是宮廷正樂。不過，這裡所說的「九歌」，和楚國民間流傳的祭歌〈九歌〉，二者之間究竟有什麼樣的關係，是很難確定的。

根據王逸《楚辭章句》的說法，「昔楚國南郢之邑，沅湘之間，其俗信鬼而好祠，其祠必作歌樂鼓舞以樂諸神。屈原放逐，懷憂苦毒，愁思沸鬱，出見俗人祭祀之禮，歌舞之樂，其詞鄙陋，因爲作九歌之曲。」這是說南楚之地，巫風熾盛，本來就有一套祭祀鬼神的樂歌，而祭歌鄙陋，因而屈原加以改作。朱熹《楚辭集注》也說「荊蠻陋俗」，祭歌「或不能無褻慢淫荒之雜」，因而「更定其詞，去其泰甚」。比王逸說的還要明白確定。歷來論者每每以爲：王逸說〈九歌〉是屈原創作，而朱熹說是屈原改作。其實，二者的說法基本上是相同的，都指出了屈原的〈九歌〉，和楚國民間的祭歌，有必然的關係。

屈原的〈九歌〉，依照王逸的排列順序，是：〈東皇太一〉、〈雲中君〉、〈湘君〉、〈湘夫人〉、〈大司命〉、〈少司命〉、〈東君〉、〈河伯〉、〈山鬼〉、〈國殤〉、〈禮魂〉，共十一篇。爲什麼〈九歌〉不是九篇而是十一篇，歷來有很多不同的說法。有人以爲「九」即「糾」，〈九歌〉就是彙集成篇的歌辭；有人以爲「九」取「簫韶九成」之義，和夏啓的〈九辯〉、〈九歌〉道理相同。所謂「簫韶九成」，是說舉行朝廷正樂時，起先是迎神的「始樂」，然後是「筐入」及舞蹈，樂器伴奏，載歌載舞，南北往復一次叫「一成」，九次叫「九成」；最後則是「亂」，即送神的大合樂。以上的說法，是把〈九歌〉當作一套組曲的總名。另外還有些人想盡方法，把十一篇勉強歸納爲九篇，有的主張把〈山鬼〉、〈國殤〉、〈禮魂〉合爲一篇；有的主張把〈湘君〉、〈湘夫人〉合爲一篇，〈大司命〉、〈少司命〉合爲一篇；有的主張〈東皇太一〉是迎神曲，〈禮魂〉是送神曲，不包括在〈九歌〉

之內。雖然勉強可歸爲九篇，以合「九」之數，但畢竟太牽強些。

至於屈原〈九歌〉的寫作年代，王逸、朱熹等人，都以爲是放逐沅湘以後所作，「上陳事神之敬，下見己之冤結」。但有人以爲這應該是屈原早年擔任三閭大夫時，對舊有的朝廷祭歌加工修改而成。因爲三閭大夫的身分，等於楚國的皇家巫祝史官，而且按照古代禮法，祭祀日月星辰天地山川之神，是國家的祭祀大典，不是一般人所能舉行的。

屈原〈九歌〉的順序排列，各家不同。以下依照王逸的分法，逐篇簡介。

〈東皇太一〉是祭祀最高天神的樂歌。「太一」也作「泰一」，先秦時泛指神靈觀念中的元氣或天帝，這裡則指至高無上、統率諸神的上皇。何以冠上「東皇」，有人以爲與「東」是四方之首、日照之始有關，也有人以爲與祠的方位有關。

因爲「太一」是眾神之神，所以〈九歌〉在祭祀之始，先寫迎接上皇光臨，以示崇敬。詩中描寫瑤席玉瑱、鮮花佳肴，極爲堂皇富麗。扮飾東皇太一的巫者佩戴莊嚴，並不歌唱，其他巫者則載歌載舞，祝福上皇「君欣欣兮樂康」。

〈雲中君〉是祭祀雲神的樂歌。詩中寫雲神的來去飄忽，遨遊四海，衣裝華麗，光齊日月，很能切合雲的自然形象。有人以爲所祭者不是雲神，而是水神，即楚國雲夢大澤之神；也有人以爲指月神或電神而言，恐怕都是附會或揣測之詞，不可採信。

詩中有扮成雲中君的主巫的獨唱，有其他巫者的合唱，表達了齋戒沐浴對迎接神靈的敬慕，和送神之後的相思之情。

〈湘君〉是祭祀湘水之神的樂歌。湘江是楚國的一條大河，楚人迷信，以爲山川有神，後來又把虞舜與二妃的故事附麗上去，因而產生了湘君和湘夫人這一對配偶的神靈。這一篇〈湘君〉和下一篇〈湘夫人〉，就是用來祭祀湘水配偶神靈的樂歌。

相傳虞舜巡視南方時，死在蒼梧之野，葬在九嶷山。他的兩個妻子娥皇、女英，來到洞庭湖邊、湘水地區，聽到了這個消息，便南望哀悼，投水以殉。虞舜一向爲楚人所崇拜，二妃又客死湘水，令人同情，所以〈九歌〉便把他們和湘水之神結合起來，加以人格化。歷代的學者也大致從這樣的觀點，來解釋〈湘君〉和〈湘夫人〉的內容。不過，觀點雖同，具體的解釋卻頗不一致。有人以爲湘君是水神，湘夫人是舜的二妃；有人以爲湘君是娥皇，湘夫人是女英；有人以爲湘君是舜，湘夫人指二妃。另外，有人撇開舜與二妃的傳說，認爲湘君即湘水之神，而湘夫人爲其配偶。

〈湘君〉和〈湘夫人〉這兩篇作品，內容相關，結構近似，語氣也彷彿互相呼應，〈湘君〉重在抒寫湘夫人對湘君的思慕，〈湘夫人〉重在抒寫湘君對湘夫人的追憶。他們對愛情生活的追求、嚮往，哀艷纏綿，十分動人。詩中對自然環境的描繪和人物性格的刻劃，都很細膩，但就在抒寫他們的朝夕相思之中，偶而也有情深轉悔的哀怨，像「心不同兮媒勞，思不甚兮輕絕」之類的句子，有人即據此說是影射屈原和楚王之間的關係。

〈湘夫人〉，已見〈湘君〉部分，不贅。

〈大司命〉，是祭祀命運之神的樂歌。〈大司命〉和下一篇〈少司命〉歷來學者往往相提並論。有人說大司命、少司命都是恆星的名稱，大司命掌管人類的壽命，少司命掌管災祥。也有人以爲大司命掌管的，是人的命運；少司命掌管的，是人的愛情。另外，有人主張大司命、少司命一樣都主管人的壽命，但大司命掌管人類的生死壽夭，所以稱之爲大；少司命專司嬰稚少年的命運，所以稱之爲少。也有人對照〈大司命〉和〈少司命〉這兩篇作品，覺得前者所塑造的形象，比較嚴肅、冷靜，而後者所塑造的，則是溫柔而多情。因此，認爲前者是男性之神，後者是女性之神。而這兩篇作品，就是二者彼此贈答之詞。

〈少司命〉，已見〈大司命〉部分，不贅。

〈東君〉，是祭祀日神的樂歌。《禮記‧祭義》說：「祭日於東，祭月於西。日出於東，月出於西。」古人又稱日爲君，所以東君自是指太陽神無疑。篇中描寫日神駕龍舟，載雲旗，穿霓裳，舉長矢，在天上東向而行，周而復始，散布光與熱。完全切合了太陽的形象。

這一篇作品，依照王逸的排列次序，是在〈少司命〉之後，但清代以來，頗有學者主張這一篇既是祭日的樂歌，與〈東皇太一〉大旨相同，皆爲天神之屬，因此應該排列在〈東皇太一〉之後，〈雲中君〉之前。

〈河伯〉，是祭祀黃河之神的樂歌。河，先秦古籍中通常指黃河而言。但也有人認爲這一篇的河伯，泛指楚國的水域之神，不是黃河之神的專稱；因爲黃河和楚國頗有距離，而且關係一向不太密切。事實上，根據《左傳・宣公十二年》的記載，楚莊王率師伐晉時，曾經祭祀黃河之神，而且春秋、戰國之際，楚國領域擴大，已及黃河南境，因此說這篇〈河伯〉所祭者爲黃河之神，應該是可以採信的說法。

古書中早有河伯娶婦的傳說，《楚辭・天問》中也有后羿射河伯而娶洛神的記載，因此，河伯似乎和愛情故事常常聯在一起。本篇〈河伯〉以扮飾河伯的男巫獨唱、女巫伴唱的方式，描寫同游九河、共登崑崙的快樂，極富浪漫色彩。

〈山鬼〉，是祭祀山神的樂歌。有人認爲〈九歌〉中所祭神靈多爲專指，因此根據本篇中「采三秀兮於山間」一句，說「於山間」的「於山」，即「巫山」。也因此，〈山鬼〉一篇所祭者，應該就是巫山之神。

〈山鬼〉中山鬼的形象，不但不猙獰可怕，反而是窈窕美麗，儀態萬千。篇中寫她對愛情的憧憬，和情人爽約未來的哀怨，眞摯動人。有人以爲它的形象，和〈河伯〉恰成對比，因而認定〈山鬼〉和〈河伯〉也是配偶神的配祭。

〈國殤〉，是祭祀陣亡將士的樂歌。殤，原指未成年而死或客死外地的人，有傷悼之意。國殤，則是指爲國事犧牲的人。歷來學者多數把它和楚懷王或頃襄王時期秦楚之戰，聯想在一起，以爲是「亡秦必楚」的感憤之辭。其實楚國歷史上爲國捐軀的英雄所在多有，而祭祀爲國之大典，〈九歌〉以上諸篇，所祭的對象是天神地祇，本篇則是人鬼。因而〈國殤〉可以視爲楚國祭祀天地山川之外，對歷代陣亡將士的舊有祭典。

篇中對戰場上激烈戰鬥的情況，以及英雄不怕犧牲、寧死不屈的氣概，加以歌頌禮讚，風格剛健質樸，和〈九歌〉其他各篇的纏綿悱惻，很不相同。

〈禮魂〉，是〈九歌〉的最後一篇。本篇開頭即云「成禮兮會鼓」，是說祭禮已經完成，鼓聲齊作。顯然是祭典結束之辭。這時候，眾巫者一起演奏、歌唱、跳舞，來表示對天神、地祇、人鬼的歡送之意和虔敬之忱。因此，歷來都把本篇視爲送神曲。

〈天問〉，就是問天的意思。有人進而把它解釋爲對天地間不可測知之事的問難。王逸以爲屈原在流放江南的時候，看到楚國的先王之廟和公卿祠堂，畫有天地山川神靈及古昔賢聖怪物行事的圖象，於是借題發揮，一邊提出疑問，一邊寫在壁上。這種說法應可採信。因爲當時的江南之地，如長沙即爲楚國先王熊繹始封之地，說那兒有先王之廟及公卿祠堂，自屬可信。〈九歌〉序文所記，和長沙馬王堆漢墓出土的帛畫，俱可與此互相印證。

〈天問〉全篇以問句寫成，以四言爲基本句式，提出一百七十多個問題，總共一千五百多字，是〈離騷〉之外，屈原另一傑出的長詩。他提出的問題，由天到地，從古至今，其中對宇宙的構造、天地的演化、日月的運行、氣候的寒暑，以及上古的神話傳說（如鯀禹治水、共工觸山、羿射九日、啓竊帝樂、簡狄生商、后稷被棄等等）、歷代的興衰治亂，都提出了疑問，爲我們保存了許多古代神話故事和歷史傳說的寶貴資料。尤其難得的是想像豐富，構思奇特，實在是一篇罕見的奇文。因而後來有不少模擬之作，如西晉傅玄的〈擬天問〉、唐代柳宗元的〈天對〉等，有的也對宇宙萬物提出疑問，表現自己的思考能力；有的試圖解答〈天問〉中提出的問題，表現自己的淵博學識。

〈天問〉文字比較難讀，有人以爲是因爲有錯簡譌誤所致。也因此，從清代的屈復開始，有不少學者對原文的次序，進行了調整的工作。至於是否符合原來面貌，則不得而知。

〈九章〉原來是各篇分立的九篇作品，包括〈惜誦〉、〈涉江〉、〈哀郢〉、〈抽思〉、〈懷沙〉、〈思美人〉、〈惜往日〉、〈橘頌〉、〈悲回風〉等，並不成於一時一地，有的是早期寫的，有的是放逐後寫的。大約在漢代時，才被合在一起而題上「九章」的名稱。

〈九章〉除了〈橘頌〉以外，調子都沉鬱悲涼，差不多和〈離騷〉一樣，都援引史事，善用譬喻，來「上以諷諫，下以自慰」。一般學者認爲〈橘頌〉是屈原的早年作品，〈惜誦〉也可能作於放逐之前，其他的作品則爲放逐之後，思君念國、憂心罔極之作。現在依王逸〈楚辭章句〉的次序，簡介如下：

〈惜誦〉，篇名二字的意義，有人以爲是懷著哀痛的心情訴說過去的事情，有人以爲是在朝時吟誦古訓。屈原抒發他忠而被謗、信而見疑的憤懣與不平，因而「指蒼天以爲正」，要求老天爺評評理，並且請厲神占卜，告訴自己何去何從。最後爲了潔身自愛，不肯隨世浮沉，只好遠俗藏身。作品的寫作年代，清代以來的學者，多以爲篇中並未涉及放逐以後的事情，因爲認定是楚懷王時期屈原被讒見疏之作。在〈九章〉中，除了〈橘頌〉之外，這是一篇較早期的作品。

〈涉江〉，寫渡江南行時的痛苦心情。從篇中可以看到作者被流放江南時的行程，他渡過長江，經過鄂渚(今湖北武昌)，上溯沅江，再經枉渚(今湖南常德市南)、辰陽(今湖南辰溪縣西)，最後到了漵浦(今湖南漵浦縣)。這和〈哀郢〉所述的路線，大致是相銜接的。這篇作品應該也就是屈原在楚頃襄王時流放江南所作，是研究屈原晚年生活的重要資料。篇中描寫自己穿戴與眾不同，暗示自己有崇高的品德和超俗的理想；描寫途中的山高蔽日、谷深多雨，暗示生活的困頓和環境的艱險；標榜接輿、桑扈、比干、伍員等古賢，慨嘆鸞鳥鳳凰的遠去、燕雀烏鵲的群集，暗示「陰陽易位」，時不可爲。從這些描寫中，可以體會到屈原內心的沉痛。

〈哀郢〉，是傷念郢都的意思。郢都是楚國的都城，在今湖北省江陵縣東北。它是楚國的政教中心，也是楚國命運的象徵。因此，它的淪亡，也就使楚國人民在精神上頓失依靠，對前途感到絕望。這篇文章的寫作時間，有人根據篇中「方仲春而東遷」、「遵江夏以流亡」、「至今九年而不復」」等句，推斷是楚頃襄王時，屈原被放逐江南時所作；也有人斷定是頃襄王二十一年（西元前二七八年），秦將白起攻破郢都時所作。就前者來說，這是寫九年流亡生活的經過情形，去國懷鄉之思，憂讒畏譏之感，洋溢於字裡行間；就後者而言，這是寫在郢都危亡前夕的傷悼之情，百姓沉淪之思，個人遷謫之感，躍然紙上。筆者是主張前者說法的。

〈抽思〉，是抒發憂思的意思。作於楚懷王聽讒見疏，遷居漢北之間。篇中說：「有鳥自南兮，來集漢北」，又說：「惟郢路之遼遠兮，魂一夕而九逝」，寫他身在漢北，心在郢都，忠君愛國之思，始終不渝。全篇如怨如慕，寫得非常忠愛纏綿。

〈懷沙〉，篇名有兩種說法：一是懷抱沙石，投江自盡。這和《史記・屈原列傳》所說的「懷石遂自沉汨羅以死」，是一致的。另一種說法是懷念長沙。因爲長沙是楚國始祖熊繹的封地，屈原在〈哀郢〉中曾說：「鳥飛反故鄉兮，狐死必首丘」，鳥飛累了，就回老窠巢；狐狸臨死時，頭一定朝向舊山丘；人也一樣，死也要死在故國。屈原既然在篇中慨嘆「知死不可讓，願勿愛兮」，寧死不肯屈己從俗，因此他離開晚年所流放的辰陽、溆浦一帶，下沉水，涉洞庭，遠赴長沙，最後投汨羅江而死。汨羅江就在長沙附近。從漢代以來，有不少學者都認定這一篇是屈原的絕命詞。

〈思美人〉，美人，指楚王。「思美人」就是懷念楚王，藉思慕美人來寄託對君王的冀望。篇中把人間與天國、歷史與現實融爲一體，風格浪漫奇特，近於〈離騷〉、〈抽思〉，而不像〈哀郢〉、〈涉江〉、〈懷沙〉那樣激憤絕望，因此頗有一些學者主張這篇作品，作於楚懷王時期屈原出居漢北之時。

〈惜往日〉，和〈懷沙〉一樣，都被視爲屈原的絕命詞。不過，這一篇作品，從受命從政講起，概述了詩人的一生遭遇和政治理念。他希望「明法度之嫌疑」，「國富強而法立」，可是由於君王的昏庸，「背法度而心治」，小人的讒毀，「恐禍殃之有再」，所以他寧可「不畢辭而赴淵」。文字不假雕飾，不設譬喻，詞直而情切，語淺而意深，敘事議論的成分，較他篇爲多，是了解屈原政治理念的一篇重要文獻。

〈橘頌〉，就是歌頌橘樹。全篇用四言詩的形式，採用比興的手法，託物詠志，格調明朗，沒有悲憤的情緒，和〈九章〉其他作品比較起來，可謂別具一格。因此，歷來學者多數以爲它是屈原早年的作品。甚至推斷它是屈原擔任三閭大夫時的作品。因爲三閭大夫的責任，就是教育皇家貴族子弟，此篇正可供教書育人之用。

〈悲回風〉，回風就是旋風，比喻讒佞的小人。悲回風，是屈原藉旋風搖撼蕙草，來抒寫遭受小人陷害、理想無從實現的悲哀。篇中大量使用雙聲疊韻及聯綿詞，回環往復，抒情色彩極爲濃厚。有人以爲它和〈惜往日〉都是屈原的絕命詞，也有人以爲這兩篇都不像屈原其他作品的口吻，而懷疑它們不是屈原所作。

上面的次序，是依照王逸《楚辭章句》的說法來排列的。如果按照它們寫作的時間先後來排列，它們的順序應該是：〈橘頌〉、〈惜誦〉、〈抽思〉、〈思美人〉，然後才是〈涉江〉、〈哀郢〉、〈懷沙〉和〈惜往日〉、〈悲回風〉這些作品。

〈招魂〉，是一種民間習俗和巫術活動。古人以爲人死了之後，靈魂會離開軀體，楚懷王被騙入秦，就死在秦國，所以屈原按民間習俗爲他招魂，表達他對懷王的悼念之情。篇中借巫陽的口氣，說四方上下如何險惡可怕，而故鄉如何和樂可愛，因此希望「魂兮歸來」。篇中用誇張排比的手法，描寫宮廷生活和物質享受，有聲有色，值得注意。

〈招魂〉的作者，除了《史記》說是屈原所作之外，也有人說是宋玉所作。〈招魂〉的對象，除了屈原招懷王魂的說法之外，也有人說是屈原自己招魂，或宋玉爲屈原招魂。大多數的學者，都以爲前說比較可取。

〈遠遊〉，是《楚辭》中長篇作品之一，全文一千一百多字。內容描寫神遊天上、遍歷四方的快樂，也涉及了服食輕舉的思想，是我國最早的遊仙之作。像〈招魂〉一樣，也有人懷疑它不是屈原的作品，但證據還不很充分，所以這裡姑依舊說。

〈卜居〉，篇名的意義，是說以占卜問卦的方式，來決定自己如何處世。篇中採用問答的方式，提出的問題，一正一反，而且大量運用比喻，對照鮮明，如「黃鐘毀棄，瓦釜雷鳴」等等，來抒發作者憤世嫉俗的感情。

〈漁父〉，通常和〈卜居〉被人相提並論。兩篇作品都同樣寫出了作者對人生道路的徬徨，也同樣說明了人生的道路要由自己選擇。不過，兩篇作品在寫作方法上卻有所不同。〈卜居〉除了首尾之外，全是作者的自白，而〈漁父〉則全藉屈原與漁父的對話，來突顯主題，來表現屈原擇善固執的精神。

〈卜居〉和〈漁父〉這兩篇作品，以敘事爲主，有的地方協韻，有的地方卻又近乎散文，這和屈原其他作品以抒情爲主的詩歌形式，有所不同，加上兩篇都多少呈現了隱退自全的道家思想，行文也不像是屈原自作的口氣，所以從明清以來，有不少學者對這兩篇的作者，提出了疑問，以爲並非屈原所作。

這兩篇作品善於運用問答的方式，鋪排的手法，以及它們的趨於散文化，不拘一格，一方面反映了楚辭文體的流變，一方面又爲漢賦開創了新方向，可以說是楚辭和漢賦之間過渡時期的作品，在中國文學史上，自有它們不可抹殺的價值③。

③ 參閱郭維森、包景誠合著《風韻高標的楚辭》、梅桐生《楚辭入門》等書。

第八章

其他的楚辭作家作品

司馬遷《史記·屈原列傳》說，屈原死後，宋玉、唐勒、景差等人，「皆好辭而以賦見稱」。班固《漢書》也說枚乘、鄒陽、莊助、朱買臣等人都曾作過楚辭。根據《漢書·藝文志》的記載，其他楚辭作家還有不少，但可惜他們的作品大多散佚了。王逸的《楚辭章句》，洪興祖的《楚辭補注》和朱熹的《楚辭集注》，所收錄的楚辭作家作品，除了屈原以外，還包括了宋玉的〈九辯〉、景差的〈大招〉、賈誼的〈惜誓〉等篇、淮南小山的〈招隱士〉、東方朔的〈七諫〉、莊忌的〈哀時命〉、王褒的〈九懷〉、劉向的〈九嘆〉、王逸的〈九思〉

等等。以下我們就依序分別來介紹這些作品①。

一、宋玉、景差

宋玉，和屈原一向並稱「屈宋」，是屈原以後一位重要的楚辭作家。他的生平資料不多，從《史記》、《漢書》、《新序》等零星片斷的記載來看：他是楚國鄢(今湖北宜城)人，時代比屈原稍晚。他出身寒微，曾在頃襄王時做過小官，類似文學侍從的職務，但因小人的排擠而終生鬱鬱。他可能師事過屈原，但無確證。不管如何，他深受屈原的影響，卻又能在文學創作上自闢蹊徑，別樹一幟。《漢書・藝文志》說他的作品有十六篇，篇目已不可考。現存可見的有：

王逸《楚辭章句》選錄〈九辯〉、〈招魂〉兩篇：

蕭統《昭明文選》選錄〈風賦〉、〈高唐賦〉、〈神女賦〉、〈登徒子好色賦〉、

---

① 參閱姜亮夫、姜昆武《屈原與楚辭》、梅桐生《楚辭入門》等書。

〈對楚王問〉等篇；

《古文苑》選錄〈笛賦〉、〈大言賦〉、〈小言賦〉、〈諷賦〉、〈釣賦〉、〈舞賦〉等六篇；

明代劉節《廣文選》選錄〈微吟賦〉、〈郢中對〉等篇。

不過，這些作品眞僞相雜，除了〈九辯〉一篇被認爲是宋玉所作之外，其他的作品都還有待論定。

〈九辯〉是宋玉的代表作。「九辯」這個名稱，〈離騷〉、〈天問〉以及《山海經》都曾經提到它。它原指楚國流行的一個古代樂曲，和〈九歌〉一樣，相傳都是夏啓得到的天樂。「辯」有人解釋爲「變」；有人解釋爲「遍」，指曲中的一個段落。一遍就是一闋。「九」有人認爲是實指，有人認爲是泛稱，代表多數。因此。〈九辯〉應該就是指由九個富於變化或多組樂章組合而成的樂曲。宋玉借古樂曲名爲題，爲了這篇〈九辯〉，來抒寫自己的感觸和幽怨。

宋玉的〈九辯〉，紹古體爲新裁，將詩人的感觸和秋天的景象結合在一起，全篇二七五句，可以分爲九個段落。首先是情景合寫：

悲哉秋之爲氣也！
蕭瑟兮草木搖落而變衰。
憭慄兮若在遠行，
登山臨水兮送將歸。

以秋天蕭索的景象和遠行遊子送別的悲愴心情，來烘染作者的身世飄零之感。這幾句很有名，因爲句子長，譯文不便與正文排列在一起，因此迻譯如下：

悲傷喲秋天竟形成如此的氣氛啊！
蕭索呀草木搖落而且變得衰枯了。
悽愴呀好像是在遠方流浪的遊子，
登山臨水呀送別將回故鄉的人兒。

然後作者對秋天物候的變化，加以細膩的描寫，把自己失意的心情曲折的表達出來。第二段寫自己有鄉不能歸、有君不得見的苦悶，眞是「不得見兮心傷悲」。第三段描寫秋景、秋色、秋物、秋聲的助人淒涼。第四、五兩段以蕙草的被棄，分別說明自己受到君王的擯斥和小人的排擠。第六、七兩段，情景交融，寫在秋寒之中，可以體會得到冬天的即將來臨，並且由秋夜的哀傷，聯想到四時的變化，聯想到自己年華的老去，功業的無成。第八段進一步描寫自己蒙受的冤屈，和奸佞當權、朝政日非的現象。最後一段先是讚美古代賢君忠臣的明智，感嘆自己的報國無從，因此只好去國遠遊，但在有聲有色的描寫神遊太空的快樂之後，作者仍然深情的這樣說：

賴皇天之厚德兮，

還及君之無恙。

意思就是說：仰仗上天的深厚恩德呀，還希望保佑君王的身體永遠健康。

〈九辯〉的成就，不在於抒寫貧士失職、功業無成的苦悶，而在於它精湛出色的藝術技巧。特別是把秋天蕭瑟的景物和懷才不遇的苦悶心情融合在一起，互相襯映，相得而益彰。這樣情景交融的境界，使「宋玉悲秋」成為中國文學史上大家耳熟能詳的典故，成為後代詩人描寫秋天和感時不遇時的共同典範。特別是它的語言結構，更受到後人的注意。像「兮」

字在篇中的運用，有時在句中的第二、第三或第四、五個字的位置上，有時又在句尾，自由活潑，極盡變化之妙。同時，篇中的句法，有的打破了四句兩韻的格式，有的把散文句式放進來，卻又文白適度，不會令人覺得佶屈聱牙，加上善加運用了大量的雙聲疊韻等聯綿詞，使它的節奏音韻顯得更加諧和優美。這些都是〈九辯〉深爲後人讚誦的地方。

除了〈九辯〉之外，其他題名宋玉的作品，如〈風賦〉、〈高唐賦〉、〈神女賦〉、〈登徒子好色賦〉等等，也都對後世文學有很大的影響。這些作品中所塑造的若干形象，如雄風雌風、巫山神女、雲夢、陽台、登徒子，無疑的都是後人所常引用、摹擬的對象。由此可見，古人將宋玉和屈原並稱，自有它的道理②。

屈原之後，宋玉的同時，相傳還有唐勒和景差兩位楚辭作家。唐勒沒有作品傳下來，景差則相傳是〈大招〉的作者。

〈大招〉，和〈招魂〉一樣，都是招魂之詞。作者有人說是屈原，有人說是景差，甚至

② 參閱陸侃如《屈原與宋玉》一書，及王永生〈魯迅論屈原與宋玉〉（《河北學刊》一九八五年一號）等文。

有人認爲是漢代人如淮南王劉安及其門下文士所作。這裡採用朱熹等人的說法，認爲是景差的作品。

無論從形式或內容來看，〈大招〉和〈招魂〉都非常近似。它們都一樣外陳四方之惡，內崇楚國之美，都一樣運用了鋪敘的手法和華麗的辭藻，但仍然同中有異。〈大招〉只寫四方的險惡可怕，所謂東有大海，南有炎火，西有流沙，北有寒山，卻沒有像〈招魂〉那樣寫到天上、地下的恐怖情形；〈大招〉雖然也像〈招魂〉那樣侈陳飲食之豐，歌舞之樂，侍女之美，建築之盛，但它特別強調楚國政治的清明，社會的安定，田園的廣闊，人口的繁多，因而那些忠而見斥、含冤而死的人，應該「魂兮歸來」；〈大招〉的寫作方式，雖然在構思、修辭上多所模仿〈招魂〉，但它的句式更趨整齊，與《詩經》的四言句式較爲接近。

二、賈誼

西漢初年，紹繼屈原遺風的楚辭作家，不乏其人。最值得注意的，首推賈誼。

賈誼生於西元前二〇〇年，卒於西元前一六八年。他是洛陽人，十八歲時就因博學能文而聞名郡中，漢文帝時被召爲博士，掌管文獻典籍，不久又被提拔爲太中大夫，以有見識、善議論見稱。可能由於他年少得志，又勇於任事，創議更定法令，因而遭到大臣周勃、灌嬰等人的激烈反對。也因此漢文帝疏遠了他，貶之爲長沙王的太傅。在長沙三年，他一直鬱鬱不樂。文帝七年，召回長安，改任梁懷王的太傅。後來梁懷王騎馬時不愼摔死，他自責失職，鬱鬱而死，年僅三十三歲。由於他的遭遇，與屈原有類似之處，他在自己的作品中，也引屈原爲同調，所以後來司馬遷在編寫《史記》的時候，便將二人合寫在一起，篇名〈屈原賈生列傳〉。

據《漢書・藝文志》的記載，賈誼的辭賦作品原有七篇，多已失傳。被後人傳誦的有〈惜誓〉、〈弔屈原賦〉和〈鵩鳥賦〉。

〈惜誓〉是否賈誼所作，本來尚有疑問，但洪興祖《楚辭補注》考定爲賈誼作品之後，後人多已從其說。惜誓，是深惜屈原之誓死，全篇用第一人稱，代屈原抒發悲憤之情。篇首即發揮高度想像力，描寫屈原高舉遠遊的情景。他的車隊是左青龍、右白虎、前朱雀、後玄武，包括了天上四方的二十八星宿。他馳騖於杳冥之鄉，休息於崑崙之墟。他高飛時，一舉而「知山川之紆曲」，再舉而「睹天地之圓方」。雖然神遊太空，與神仙爲友，非常快樂，但他最後還是「念我長生而久仙兮，不如反余之故鄉」。接著他用很多形象化的譬喻，描寫故國的一些醜惡荒唐的現象，因而他傷心感嘆：

非重軀以慮難兮，
惜傷身之無功。

意思是說：並非愛惜身體而擔心危困呀，擔心的是犧牲了生命卻沒有意義。因而最後他決定「遠濁世而自藏」。從這篇作品中，可以看出他對屈原有無限的同情。

〈弔屈原賦〉，是賈誼謫往長沙途中，經過湘水時，悼念屈原的作品。他藉憑弔屈原來寄託自己「逢時不祥」的悲哀。他像〈惜誓〉結語所說的那樣，最後決定「遠濁世而自藏」。

〈鵩鳥賦〉，是賈誼擔任長沙王太傅期間的作品。有一天，古名鵩鳥的貓頭鷹出現在他房內座位旁，古人認爲這是不祥的預兆，所以賈誼寫了這篇作品，聊以自慰。他藉與鵩鳥的對話，來說明人生禍福無常，理當知命不憂。

〈弔屈原賦〉和〈鵩鳥賦〉這兩篇作品，在形式上有散文化的趨向，同時大量使用四言的句法，比較整齊，充分顯示出賈誼的辭賦，是騷體賦的延續與轉化，也是從楚辭走向新體漢賦的過渡作品。

三、淮南小山、東方朔、莊忌、王褒

淮南小山，相傳是淮南王劉安的門客，但又有人說是篇章體制的分類，或文學團體的稱號。孰是孰非，已難論斷。王逸《楚辭章句》所收錄的〈招隱士〉，題爲淮南小山作，後來蕭統的《昭明文選》，則題爲淮南王劉安作。把門客的著作歸在主人名下，古有其例，由此也可看出淮南小山和劉安之間的關係。

〈招隱士〉，篇幅不長，句法卻富於變化。三字句、五字句以至七字句、八字句交互出現，用急促的音節，來極力渲染山中淒厲險惡的景象，召喚隱居山中的王孫，不可久留。越寫山中的險惡可怖，就越能反映出他對王孫的關懷。所謂「王孫游兮不歸，春草生兮萋萋」，所謂「王孫兮歸來，山中兮不可以久留」，都可以看出作者對「王孫」濃烈的情感。至於這隱居山中的王孫是誰，歷來說法頗爲紛歧。有人以爲是「小山之徒閔傷屈原」，有人以爲是爲淮南王招致山谷潛伏之士，也有人以爲是淮南小山懷念淮南王的作品。不管如何，這篇作品明顯的受了〈招魂〉的影響，對山中險惡悽厲的景象，刻意渲染，極力誇張，在表現手法上有其成功之處。也因此，有人推之爲後代招隱詩之祖。

東方朔，字曼倩，平原厭次（今山東惠民附近）人。生於西元前一五四年，卒於西元前九三年。漢武帝初即位，他年方廿二歲，上書自薦，詔拜爲郎。後來雖然一直在宮中任職，但始終被倡優蓄之，不獲重用，因而鬱鬱不得志，曾經寫了〈答客難〉、〈非有先王傳〉，來抒發心中的不平。〈七諫〉相傳是他的辭賦作品。

〈七諫〉，據王逸說是「東方朔追憫屈原，故作此辭以述其志」，包括〈初放〉、〈沉江〉、〈怨世〉、〈怨思〉、〈自悲〉、〈哀命〉、〈謬諫〉等七個篇章，大致是模仿屈原的〈九章〉，用代言體把屈原的一生事跡貫串起來，反復詠唱。作者雖然以屈原的口吻，嗚訴屈原的不幸遭遇，但事實上是想藉此來自澆胸中塊壘。〈七諫〉以七章成篇，和枚乘的〈七發〉前後相承，後來以「七」名篇的，有傅毅的〈七激〉、張衡的〈七辯〉等等，竟然成爲文體中的一種。

莊忌，因避漢明帝劉莊的諱，改姓嚴，因此也稱嚴忌或嚴夫子。會稽吳（今江蘇吳縣）人。起先仕吳王劉濞，以有文才著稱。後來知道吳王有意造反，苦諫不聽，於是和鄒陽、枚乘等人，投效梁孝王門下，俱被尊重。不過，畢竟只是一名文士游客，因此始終不得志。他是比東方朔、淮南小山時代略早的辭賦作家，原有作品廿四篇，今僅存〈哀時命〉一篇。

〈哀時命〉不是哀屈原，也不是代言體，而是作者雜採屈原作品中的內容大意，揉爲篇章，抒寫了自己生不逢時的感慨，和遠禍全身的想法。這和屈原那種以身殉國、義無反顧的精神，是不相同的。不過，〈哀時命〉中有「子胥死而成義兮，屈原沉於汨羅」的句子，因此有人仍然認爲這篇作品，與哀惜屈原有關。

王褒，字子淵，蜀資中（今四川資陽）人。漢宣帝時，以能爲楚辭被薦入朝，上〈聖主得賢臣頌〉，任諫議大夫。他的辭賦作品，據《漢書・藝文志》著錄，有十六篇，今僅存〈九懷〉和〈洞簫賦〉。

〈九懷〉，由九個篇章組成。包括〈匡機〉、〈通路〉、〈危俊〉、〈昭世〉、〈尊嘉〉、〈蓄英〉、〈思忠〉、〈陶壅〉、〈株昭〉等，不管是形式或內容，多仿屈原〈離騷〉，較少創意。每一篇章的題目晦澀難解，但大體上有一個共同的模式：開頭寫政治的黑暗，中間用虛構的情節、誇張的手法，描寫自己去國遠遊，如何遊九州、遊太空、遊江海，最後則是自傷。表面上是爲屈原立言，但實際上還是寄託自己的鬱抑之情。

王褒的辭賦，抒情的味道非常濃厚，而且特別講究修辭。他的〈洞簫賦〉，附聲測貌，巧密綺麗，已有俳偶的趨向，對魏晉以後的駢體賦有很大的影響。

四、劉向、王逸

劉向，字子政，本名更生，是漢高祖弟楚元王劉交的第四代孫子。約出生於西元前七十七年，卒於西元前六年。歷經漢宣帝、元帝、成帝三朝，居官三十多年，中間頗有起伏，幾度下獄。成帝時，他再被起用後，校理宮中藏書，負責經傳、諸子和詩賦部分；未完成的工作，由他的兒子劉歆續作。學問淵博，著述豐富，對古籍的整理貢獻極大。《楚辭》就是由他開始輯錄成書的。他十分敬佩屈原的爲人和作品，因而追念屈原忠信的節操，寫了〈九嘆〉這篇作品。其他的辭賦作品，據《漢書．藝文志》記載，還有三十幾篇，但現在已亡佚殆盡。

〈九嘆〉，包括〈逢紛〉、〈離世〉、〈怨思〉、〈遠逝〉、〈惜賢〉、〈憂苦〉、〈愍命〉、〈思古〉、〈遠遊〉等九章，雖然像東方朔的〈七諫〉、王褒的〈九懷〉一樣，也是代屈原抒情，但因爲能正確把握屈原的思想感情，能與屈原的生平事跡互契合，能把屈原那種念念不忘君國、「雖九死其猶未悔」的深情沉痛，委曲的表達出來，因此更具感人肺腑的力量。每一章對屈原的忠信節操與深情沉痛，各有側重，反復詠嘆，又各自成首尾，而且在每一章的結尾都加上「嘆曰」，以歸納大意，以表示對屈原之死的悼念和敬意。王逸評這篇作品，說是「贊賢以鋪志，騁詞以耀德」，應該是恰當的批評。

王逸，字叔師，南郡宜城（今湖北宜城）人。漢安帝元初年間，爲校書郎。順帝時，官至侍中。他是東漢著名的辭賦學者，博雅多覽，他所纂成的《楚辭章句》十七卷，是《楚辭》最早的完整注本。他的辭賦作品不少，現在僅存〈九思〉一篇，就收發在《楚辭章句》中。

據王逸自己的說法，他和屈原「同土共國」，同爲楚人，悼傷之情，與一般人不一樣，加以「竊慕向、褒之風」，因此繼王褒、劉向之後，寫了〈九思〉這篇作品，來讚頌屈原。〈九思〉，包括〈逢尤〉、〈怨上〉、〈疾世〉、〈憫上〉、〈遭厄〉、〈悼亂〉、〈傷時〉、〈哀歲〉、〈守志〉等九章。每一章的結構，像王褒的〈九懷〉一樣，大致都有共同的模式：先寫世道昏暗，奸佞弄權，然後幻想高舉遠引，到理想世界，最後則又回到現實世界來。愛與恨的矛盾、理想與現實的衝突，作者都用此比喻和象徵的技巧表現出來，跌宕變化，給人留下深刻的印象。

第九章
楚辭名篇選譯

筆者以前曾經語譯楚辭名篇，因為採用直譯方式，頗便讀者對照閱讀。本書選錄其中幾篇，期使讀者在閱讀吟誦之餘，可以窺見楚辭在內容情思及形式語調上的特點。

一、離騷（節）

帝高陽之苗裔兮，
朕皇考曰伯庸。

語譯

古帝高陽氏的後代子孫啊，
我堂堂的先父字號叫伯庸。

攝提貞于孟陬兮，
惟庚寅吾以降。

皇覽揆余初度兮，
肇錫余以嘉名。
名余曰正則兮，
字余曰靈均。

紛吾既有此內美兮，
又重之以脩能。
扈江離與辟芷兮，
紉秋蘭以爲佩。

汩余若將不及兮，
恐年歲之不吾與。

太歲在寅的那一年正月啊，
庚寅那一天就是我的誕辰。

先父觀測我初生的情況啊，
才賜給我一個嘉良的美名。
他替我取的本名叫正則啊，
他又替我取個表字叫靈均。

我既有這些美好的內在啊，
同時又有超出凡人的長才。
披上江蘺和幽芷的外衣啊，
又編結秋天的蘭花做佩帶。

匆匆地我好像怕來不及啊，
深恐年光不待容易把人拋，

朝搴阰之木蘭兮，
夕攬洲之宿莽。

日月忽其不淹兮，
春與秋其代序。
惟草木之零落兮，
恐美人之遲暮。

不撫壯而棄穢兮，
何不改乎此度？
乘騏驥以馳騁兮，
來吾道夫先路！

早晨去拔那山上的木蘭啊，
傍晚又去採那洲畔的宿草。

日月飛逝不肯稍作停留啊，
春天秋天的更替轉眼又到。
想到草木的會隨時凋謝啊，
也就害怕美人的即將衰老。

不珍惜盛年而遠離污穢啊，
你為什麼不改變這種態度？
趕快駕著駿馬向前奔馳啊，
來吧，我在前面為你帶路！

二、少司命（九歌）

秋蘭兮麋蕪，
羅生兮堂下。
綠葉兮素華，
芳菲菲兮襲予。
夫人兮自有美子，
蓀何以兮愁苦？

秋蘭兮青青，
綠葉兮紫莖。
滿堂兮美人，
忽獨與余兮目成。

語譯

秋天的蘭花啊芬芳的麋蕪，
密麻麻生長啊在神堂下頭。
綠色的葉子啊白色的花朵，
芳氣濃郁郁啊正吹襲著我。
凡是人啊自然都有好兒女，
您為什麼啊獨自悲傷憂愁？

秋天的蘭花啊多麼的繁盛，
綠色的葉子啊紫色的花莖。
滿滿一堂啊都是美好人兒，
突然您只跟我啊眉目傳情。

入不言兮出不辭，　　來時不作聲啊去時不告辭，
乘回風兮載雲旗。　　搭乘著旋風啊張掛著雲旗。
悲莫悲兮生別離，　　悲傷莫悲過啊活活的分離，
樂莫樂兮新相知。　　快樂莫樂過啊新交的知己。

荷衣兮蕙蕪，　　荷花做衣裳啊蕙草做衣帶，
儵而來兮忽而逝。　　您忽然來到啊又忽然離開。
夕宿兮帝郊，　　傍晚投宿啊在天國的郊外，
君誰須兮雲之際？　　您在彩雲之間啊為誰等待？

與女遊兮九河，　　跟您遊歷啊在那九道河流，
衝風至兮水揚波。　　旋風吹來了啊水激起大波。
與女沐兮咸池。　　跟您沐浴啊在咸池的水裡，
晞女髮兮陽之阿；　　曬您頭髮啊在暘谷的山河；
望美人兮未來，　　盼望美好人兒啊偏偏沒來，

臨風怳兮浩歌。
孔蓋兮翠旍，
登九天兮撫彗星。
竦長劍兮擁幼艾，
蓀獨宜兮爲民正。

我臨風惆悵啊高聲的唱歌。
雀翎做車蓋啊翠羽做旗旌，
登上九天之上啊安撫彗星，
高舉著長劍啊保護少年人，
只有您適合啊做萬民之靈。

三、天問（節）

曰：
遂古之物，
誰傳道之？
上下未形，
何由考之？

語譯

請問：
遠古歷史的開頭，
是誰流傳稱述它？
天地還沒有形成，
根據什麼考定它？

冥昭瞢闇，
誰能極之？
馮翼惟像，
何以識之？

明明闇闇，
惟時何爲？
陰陽三合，
何本何化？

圜則九重，
孰營度之？
惟茲何功，
孰初作之？

陰陽晦明太渾沌，
有誰能夠窮究它？
大氣蓬勃靠想像，
為何可以辨識它？

明明暗暗多變化，
究竟這是為什麼？
陰陽參錯相配合，
本源演變靠什麼？

圓圓天空有九層，
是誰經營測量它？
究竟這樣有何用，
是誰最早創造它？

斡維焉繫？
天極焉加？
八柱何當？
東南何虧？

九天之際，
安放安屬？
隅隈多有，
誰知其數？

天何所沓？
十二焉分？
日月安屬？
列星安陳？

天體四維如何繫？
天的頂端怎麼架？
八根天柱何處撐？
東南為何會傾斜？

九重天空的邊緣，
怎樣擺放怎連屬？
彎曲角落常常有，
誰知道它的數目？

天空在哪裡重疊？
十二星辰怎分別？
日月怎樣來連接？
衆星怎樣來陳列？

出自湯谷，
次於蒙汜。
自明及晦，
所行幾里？

夜光何德，
死則又育？
厥利維何，
而顧菟在腹？

女歧無合，
夫焉取九子？
伯強何處？
惠氣安在？

太陽從湯谷出來，
停宿在蒙汜之濱。
從天明直到天黑，
他經過多少路程？

月亮有什麼本領，
虧蝕了又能再生？
它的好處是什麼，
竟有兔子在懷中？

女歧並沒有配偶，
怎麼生九個子女？
伯強在哪裡居住？
和風在哪裡停留？

何闔而晦？
何開而明？
角宿未旦，
曜靈安藏？

不任汩鴻，
師何以尚之？
僉曰何憂？
何不課而行之？

鴟龜曳銜，
鯀何聽焉？
順欲成功，
帝何刑焉？

為何關了就昏暗？
為何開了就明亮？
角宿尚未出現時，
陽光在哪裡躲藏？

不勝任治理洪水，
衆人為何推舉他？
都說是不必擔心，
何不考驗才用他？

鴟龜拖泥又銜土，
鯀為何肯聽從呢？
順應人心成大功，
天帝為何加刑呢？

永遏在羽山，
夫何三年不施？
伯禹腹鮌，
夫何以變化？

纂就前緒，
遂成考功；
何續初繼業，
而厥謀不同？

洪泉極深，
何以寘之，
地方九則，
何以墳之？

永久禁閉在羽山，
為何三年不殺他？
伯禹生自鮌腹中，
為何會有這變化？

繼承了前人志業，
終於完成先父功；
為何承先繼父業？
而他方法就不同？

洪水淵泉極深廣，
拿什麼去填堵它？
土地劃分為九個，
拿什麼去敷布它？

應龍何畫？
河海何歷？
鮌何所營？
禹何所成？
康回馮怒，
地何故以東南傾？

應龍怎麼能劃地？
河海怎麼能遍歷？
鮌是怎樣來經營？
禹是怎樣來完成？
康回勃然大怒時，
地為何就東南傾？

四、哀郢（九章）

皇天之不純命兮，
何百姓之震愆？
民離散而相失兮，
方仲春而東遷。

語譯

上天這樣地不能固守常道啊，
為什麼我們這樣地動盪不安？
人民流離失散而彼此不見啊，
正當仲春二月就向東方播遷。

去故鄉而就遠兮，
遵江夏以流亡。
出國門而軫懷兮，
甲之鼂吾以行。

發郢都而去閭兮，
怊荒忽其焉極？
楫齊揚以容與兮，
哀見君而不再得。

望長楸而太息兮，
涕淫淫其若霰。
過夏首而西浮兮，
顧龍門而不見。

離開了故鄉而踏上了遠道啊，
沿著長江和夏水來四處逃亡。
走出了國門就沉痛地想念啊，
甲日這天的早上我開始流浪，

從郢都出發而離開了家門啊，
心情惆悵恍惚哪裡才是終點？
船槳一起高舉來慢慢前進啊，
可憐我們再也不能見到君王。

望著那高大的楸樹來長嘆啊，
眼淚滾滾而下那就像是冰霰。
轉過了夏水口就向西航行啊，
回頭去看龍門卻已無法望見。

心嬋媛而傷懷兮，
眇不知其所蹠。
順風波以從流兮，
焉洋洋而爲客？

凌陽侯之泛濫兮，
忽翱翔之焉薄？
心絓結而不解兮，
思蹇產而不釋。

將運舟而下浮兮，
上洞庭而下江。
去終古之所居兮，
今逍遙而來東。

內心激動而又無限的傷感啊，
前途茫茫不知應該走向何方。
順著風浪而隨著流失飄蕩啊，
怎麼無所依傍而作客在他鄉？

乘船越過波浪的洶湧澎湃啊，
快得像飛翔的鳥哪裡才靠岸？
心裡的鬱結卻又無法解開啊，
思緒繁雜紛亂而又無法消散。

準備駕著船隻而順流直下啊，
背著洞庭湖而順流航向長江。
離開自古以來所住的故居啊，
現在飄飄蕩蕩竟流浪到東方。

羌靈魂之欲歸兮，
何須臾而忘反？
背夏浦而西思兮，
哀故都之日遠。

我們的靈魂這樣想要回去啊，
哪有片刻的時間而忘記歸返？
背對夏口水濱來向西思鄉啊，
哀傷故都的一天比一天遙遠。

登大墳以遠望兮，
聊以舒吾憂心。
哀州土之平樂兮，
悲江介之遺風。

登上水濱高丘來瞻望遠方啊，
聊且藉以舒解我內心的憂傷。
惋惜江岸的這樣昇平安樂啊，
悲嘆江邊古代所遺留的風尚。

當陵陽之焉至兮，
淼南渡之焉如？
曾不知夏之爲丘兮，
孰兩東門之可蕪？

面向高丘的南方將何所往啊，
江水浩淼即使南渡又能怎樣？
為什麼不知大殿化為丘墟啊，
更何況是兩座東門已變荒涼？

心不怡之長久兮，
憂與愁其相接。
惟郢路之遼遠兮，
江與夏之不可涉。

忽若去不信兮，
至今九年而不復。
慘鬱鬱而不通兮，
蹇侘傺而含戚。

外承歡之汋約兮，
諶荏弱而難持，
忠湛湛而願進兮，
妒被離而鄣之。

心裡的不愉快這樣長久了啊，
舊恨和新愁它們卻彼此牽連。
心想郢都的路途這樣遙遠啊，
長江和夏水間已經不能渡船。

恍惚間去國好像不是真的啊，
到如今已經九年卻不能復返。
內心沉痛鬱抑而又不舒暢啊，
多麼委屈失意而又帶著傷感。

外表是討好人的柔順媚態啊，
內心實在卻軟弱而難以依傍，
忠心耿耿而願意為國效力啊，
妒忌者卻紛紛離間加以阻擋。

堯、舜之抗行兮，
瞭杳杳而薄天。
眾讒人之嫉妒兮，
被以不慈之僞名。

憎慍惀之修美兮，
好夫人之慷慨。
眾踥蹀而日進兮，
美超遠而逾邁。

亂曰：
曼余目以流觀兮，
冀一反之何時？
鳥飛反故鄉兮，
狐死必首丘。

帝堯帝舜那樣的崇高行為啊，
光輝悠遠簡直可以直照天空。
一群造謠的小人如此妒忌啊，
卻加給了他們不慈愛的罪名。

嫌厭忠厚老實的修德好人啊，
反而喜歡這些小人的假諫言。
所有小人奔競而日被寵信啊，
好人卻被排斥而且更加疏遠。

尾聲是：
張大我的眼睛來環視四方啊，
希望回到我的故都將是何年？
鳥兒飛累了就一定回舊巢啊，
狐狸死了一定也頭朝舊山岡。

信非吾罪而棄逐兮，
何日夜而忘之？

實在不是我的錯卻被放逐啊，
哪個白天夜晚我曾把它遺忘？

五、橘頌（九章）

后皇嘉樹，
橘徠服兮。
受命不遷，
生南國兮。

深固難徙，
更壹志兮。
綠葉素榮，
紛其可喜兮。

語譯

天地間有一種美好的樹木——
是橘子，適合這裡的水土。
您稟受了天命，不可移植，
生長在南方這美麗的國度。

根深柢固，有不移的本質，
你更有那專一不二的意志。
翠綠的葉子，潔白的花朵，
繽紛奪目，令人欣喜不過。

曾枝剡棘，
圓果摶兮。
青黃雜糅，
文章爛兮。

精色內白，
類任道兮。
紛緼宜脩，
姱而不醜兮。

嗟爾幼志，
有以異兮。
獨立不遷，
豈不可喜兮。

重疊的枝條，尖銳的棘刺，
護衛著樹上圓團團的果實。
青的黃的果實交錯真好看，
色彩像那文章一般的燦爛。

鮮明的顏色，潔白的內皮，
好像一個任重道遠的君子。
你如此茂密而美好的風姿，
實在完美，簡直沒有瑕疵。

讚嘆你雖幼小卻有好志氣，
早跟其他的樹木有所差異。
你獨立不群，堅定永不移，
品格尊貴，豈不令人欣喜？

深固難徙，
廓其無求兮。
蘇世獨立，
橫而不流兮。

閉心自愼，
終不失過兮。
秉德無私，
參天地兮。

願歲并謝，
與長友兮。
淑離不淫，
梗其有理兮。

你根深柢固，不容易遷徙，
心地寬闊，沒有任何希冀。
你獨醒特立在混濁世界裡，
橫立自持，不肯隨俗披靡。

你緊閉心扉想，謹愼自處，
所以始終不會有什麼錯誤。
你稟賦的美德，無偏無私，
參與天地化育，普及萬物。

但願年華雖與歲月同凋零，
卻永遠不改變我們的友情。
你盡善盡美而又不覺淫麗，
既堅定不移而又有條有理。

年歲雖少，可師長兮。
行比伯夷，置以爲像兮。

你的年紀雖然不大還算小，
卻一樣可以當我們的帥表。
你的品德崇高，好比伯夷，
可以拿來做模範大家學習。

六、漁父

屈原既放，遊於江潭，行吟澤畔；顏色憔悴，形容枯槁。漁父見而問之曰：「子非三閭大夫歟？何故至於斯？」

屈原曰：「舉世皆濁我獨清，眾人皆醉我獨醒，是以見放。」

漁父曰：「聖人不凝滯於物，而能與世推移。世人皆濁，何不淈其泥而揚其波？眾人皆醉，何不餔其糟而歠其釃？何故深思高舉，自令放爲？」

屈原曰：「吾聞之：新沐者必彈冠，新浴者必振衣。安能以身之察察，受物之汶汶者乎？寧赴湘流，葬於江魚之腹中；安能以皓皓之白，而蒙世俗之塵埃乎？」

漁父莞爾而笑，鼓枻而去，乃歌曰：「滄浪之水清兮，可以濯吾纓；滄浪之水濁兮，可以濯吾足。」遂去，不復與言。

語譯

屈原已被放逐之後，漫遊在江邊，行吟在澤旁，臉色惟悴不堪，體貌非常枯瘦。漁翁見了就問他說：「您不是三閭大夫嗎？什麼緣故來到這裡？」

屈原說：「全世上的人都污濁了，只有我是清白的；所有的群衆都昏醉了，只有我是清醒的。就因為這樣，我被放逐了。」

漁翁說：「聖人不會固執於外在的事物，而且能夠跟著時代潮流改變自己的想法。既然世人都污濁了，您為什麼不攪亂那污泥而且激揚那濁流呢？既然大家都昏醉了，您為什麼不吃下那酒糟而且喝掉那薄酒呢？什麼原因你要深刻的思考，高尚的行為，自己做得讓人給放逐了？」

屈原說：「我聽過這樣的話：剛剛洗過頭髮的人，一定要彈帽子；剛剛洗完身體的人，一定要抖抖衣服，怎麼可以讓自己這樣潔淨的身體，蒙受外物那樣灰暗的東西呢？寧可自投湘江流水，葬身在江中游魚的肚子裡，怎麼可以讓這樣皓皓的潔白，卻蒙上世俗的塵埃呢？」

漁翁微微地笑著，划著槳離開了。他竟然唱起歌來：

滄浪的流水瀏清哟，
可以用來洗我冠纓；
滄浪的流水污濁哟，
可以用來洗我雙足。

終於遠去了，不再跟他說話。

結語

《詩經》和《楚辭》是中國詩歌的兩大源頭。《詩經》是西周初年到春秋中葉以黃河流域爲中心的產物，《楚辭》是戰國末年以楚國江漢流域爲中心，甚至可以說是以屈原創作爲主的新詩體。它們正如黃河與長江一樣，縱橫南北，蔚成不同的人文景觀。有人以爲中國文化素有南北之分。黃河代表北方文化，長江代表南方文化。北方地瘠苦寒、謀生不易，沒有餘裕馳騖於玄妙的哲理，所以務實際，貴力行，重禮法，畏天命；而南方地饒物豐，不憂飽暖，時常幻想達觀於現實世界之外，所以探玄理，明自然，齊物我，順本性。這種南北文化的不同，同樣表現在中國的文學作品中。就詩歌而言，《詩經》和《楚辭》正是這兩種不同文化的典型代表。《詩經》的特點是寫實，不管寫什麼題材，無論是愛情婚姻、耕作出獵、戰爭徭役、祭祀宴飲或諷喻政治，可以說都是現實生活的記錄，很少有想像玄思的成分。它重視人倫日用和政教風化，表現形式以四言爲主，質樸莊重，篇幅較短。《楚辭》的特點是浪漫，往往表現自我，通過豐富的想像，馭風御氣，遠遊八荒，上叩帝閽，托媒求女，創造了一個充滿神話色彩的奇幻境界。它重在抒發個人鬱勃熱烈的情志，表現形式多五七雜言，瓌奇絢麗，篇幅較長。很明顯的，二者是有不同。

不過，同爲中國詩歌源頭的《詩經》和《楚辭》，在某些方面卻又有共通處。起碼從漢代開始，《詩經》被奉爲不刊的經典，成爲弘揚禮教的古籍；《楚辭》也因屈原的忠烈廉潔，捨生取義，成爲後世文人學習的榜樣。它們猶如南箕北斗，映照千秋，對後代的文學著作，影響極其深遠。沈約《宋書・謝靈運傳》中，有一段話常被後人引用：

> 自漢至魏，四百餘年，辭人才子，文體三變。相如巧爲形似之言，班固長於情理之說，子建、仲宣以氣質爲體，並稱能擅美，獨映當時。是以一世之主，各相慕習。源其飆流所始，莫不同祖風騷。

意思是說：漢魏四百年間的著名文人，像司馬相如、班固、曹植(子建)、王粲(仲宣)等人，雖然其文學作品，在形式或內容上，各有成就，但推究起來，「莫不同祖風騷」。換句話說，沒有一個不受到「風騷」的影響。「風」，指〈國風〉，代指《詩經》；「騷」，指〈離騷〉，代指《楚辭》。從漢代起，已經有人把《詩經》和《楚辭》二者相提並論，像淮南王劉安說〈離騷〉兼有〈風〉、〈雅〉之長，像班固《漢書．藝文志》說《楚辭》繼《詩》而起，「咸有惻隱古詩之義」。所以，上引的沈約之言，就是說漢魏的著名文人，無不受到《詩經》和《楚辭》的影響。

漢魏的著名文人如此，後代的「辭人才子」也莫不如此。因此，後來對能吟詩作賦的文士，就通稱爲風人或騷客，而對《詩經》和《楚辭》的深遠影響，就稱之爲風騷傳統了。

風騷傳統，就是《詩經》、《楚辭》的優良傳統。它可以藉詩歌來興、觀、群、怨，來抒寫懷才不遇的哀怨和憂時憫世的情懷；它可以通過詩歌來觀察政風民情，了解政治得失，以及偉大作家的憂患意識；它可以運用比興的修辭技巧，或香草美人、引類譬喻的寄託手段，貴在有言外之意，使聞之者足戒。這些優良傳統，不但使《詩經》、《楚辭》流傳至今，而且，我們相信，只要有中國人在，只要想了解中國古代文學，它就會一直流傳下去。

附錄一

《詩經》、《楚辭》研讀書目

甲、詩經部分

一、入門書目

詩經研究　謝旡量著　臺灣商務印書館
詩經學　胡樸安著　臺灣商務印書館
詩經學導讀　金公亮著　世界書局
詩經研讀指導　裴普賢著　東大圖書公司
詩經漫話　程俊英著　上海文藝出版社
詩經解說　陳鐵鑌著　書目文獻出版社

詩三百精義述要　盛廣智著　東北師大出版社
詩經研究反思　趙沛霖編著　天津教育出版社
詩經導讀　陳子展、杜月村著　巴蜀書社
詩經入門　張啓成著　貴州人民出版社
輝映千古的詩經　朱崇才著　遼寧古籍出版社
詩經要籍解題　蔣見元著　上海古籍出版社
白話詩經㈠㈡㈢　吳宏一著　聯經出版公司
詩辭歌賦（先秦文學導讀第一冊）　吳宏一編著　桂冠出版社

二、基本書目

毛詩鄭箋　毛亨傳鄭玄箋　中華書局四部備要本
毛詩正義　孔穎達等　藝文印書館十三經注疏本
詩集傳　朱熹著　中華書局四部備要本
詩經通論　姚際恆著　中華書局
毛詩傳箋通釋　馬瑞辰著　中華書局

詩經原始　方玉潤著　中華書局、藝文印書館

詩三家義集疏　王先謙著　中華書局、鼎文書局

三、參考書目

詩義會通　吳闓生著　中華書局

觀堂集林　王國維著　中華書局

聞一多全集　聞一多著　開明書局

詩經直解　陳子展著　上海古籍出版社

詩三百解題　陳子展著　復旦大學出版社

詩經詮釋　屈萬里著　聯經出版公司

詩經欣賞與研究　糜文開、裴普賢著　三民書局

高本漢詩經注釋　董同龢譯　國立編譯館

詩經語言研究　向熹著　四川人民出版社

雅頌新考　劉毓慶著　山西高校聯合出版社

詩草木今釋　陸文郁著　天津人民出版社、長安出版社

詩經動植物圖鑑叢書　　大化書局
詩經研究史概要　夏傳才著　中州書畫社
先秦文獻與先秦文學　董治安著　齊魯書社
先秦文學史　蔡守湘主編　武漢大學出版社
先秦詩歌史論　張松如主編　吉林教育出版社
詩經與周代社會研究　孫作雲著　中華書局
西周史　許倬雲著　聯經出版公司
周予同經學史論著選集　周予同著　上海人民出版社
古詩歌箋釋三種　朱自清著　上海古籍出版社
詩經譯注　程俊英著　上海古籍出版社
詩經通譯新詮　黃典誠著　華東師大出版社
詩經譯注　袁　梅著　齊魯書社
詩經今注　高　亨著　上海古籍出版社
詩經注析　程俊英、蔣見元著　中華書局
詩經詞典　向　熹主編　四川人民出版社

詩經楚辭鑑賞辭典　周嘯天主編　四川辭書出版社
詩經正詁　余培林著　三民書局
四家詩恉會歸　王禮卿著　台中青蓮出版社
絲竹軒說詩　龍宇純著　五四書店

乙、楚辭部分

一、入門書目

屈原研究　梁啓超著　中華書局飲冰室集本
要籍解題及其讀法　梁啓超著　中華書局
屈原與宋玉　陸侃如著　臺灣商務印書館百科小叢書本
楚辭概論　游國恩著　北新書店
楚辭新論　謝旡量著　臺灣商務印書館
屈原　詹安泰著　上海人民出版社
楚辭選　馬茂元著　人民文學出版社

屈原與楚辭　郭嘉林著　中華書局
楚辭選析　楊白樺著　江蘇古籍出版社
楚辭選譯　陸侃如等著　上海古籍出版社
屈原與楚辭　姜亮夫、姜昆武著　安徽教育出版社
楚辭入門　梅桐生著　貴州人民出版社
風韻高標的楚辭　郭維森、包景誠著　遼寧古籍出版社

二、基本書目

楚辭章句　王　逸著　中華書局
楚辭補注　洪興祖著　中華書局、藝文印書館
楚辭集注　朱　熹著　上海古籍出版社
楚辭通釋　王夫之著　上海人民出版社
山帶閣注楚辭　蔣　驥著　上海古籍出版社
屈原賦注　戴　震著　明倫出版社

三、參考書目

楚辭校補　聞一多著　開明書店聞一多全集本
天問疏證　聞一多著　開明書店
屈原研究　郭沫若著　群益出版社
游國恩學術論文集　游國恩著　中華書局
詩人屈原及其作品研究　林　庚著　上海古籍出版社
楚辭校釋　王泗原著　人民教育出版社
重訂屈原賦校注　姜亮夫著　天津古籍出版社
楚辭書目五種　姜亮夫著　上海中華書局
楚辭解故　朱季海著　上海中華書局
屈原論稿　聶石樵著　人民文學出版社
離騷纂義　游國恩主編　中華書局
天問纂義　游國恩主編　中華書局
楚辭論文集　蔣天樞著　陝西人民出版社

屈賦音注詳解　劉永濟著　上海古籍出版社
楚辭直解　陳子展著　江蘇古籍出版社
屈賦新探　湯炳正著　齊魯書社
楚辭學論文集　姜亮夫著　上海古籍出版社
楚辭研究集成　馬茂元主編　湖北人民出版社
屈原辭研究　金開誠著　江蘇古籍出版社
離騷九歌九章解詁　聞一多著　上海古籍出版社
九歌新考　周勛初著　上海古籍出版社
楚辭與神話　蕭　兵著　江蘇古籍出版社
屈賦研究論衡　趙沛霖編著　天津教育出版社
中國楚辭學史　易重廉著　湖南出版社
現代楚辭批評史　黃中模著　湖北教育出版社
楚辭學史　李中華、朱炳祥著　武漢出版社
屈原集校注　金開誠、董洪利、高路明著　中華書局
楚辭今注　湯炳正等著　上海古籍出版社

附錄二

吳宏一論詩絕句（詩騷部分）

一、風騷長在

詩自生民有，彈弓擊壤歌。
風騷同日月，萬古照長河。

二、風騷常新

句句本天然，風騷今古傳。
緣何千載下，猶自覺新鮮。

三、說詩經

欲知三百篇，四始二南先。
六義須參透，五倫在裡邊。

四、詠采詩

雅頌陳朝廟，風謠里巷間。
王官知得失，使者賦歌還。

五、論刪詩

季札觀周樂，絃歌非等閒。
重編存鄭衛，孔子未曾刪。

六、弔屈原

報國恨無從，楚歌處處同。

亡秦三户在，屈賦有其功。

七、思美人

蘭澤秋風起，眾芳親手栽。
不知搖落後，何日美人來。

八、悲才士

斫取秋光寫，中多才士悲。
美人遲暮意，不許薄情知。

文化叢刊
詩經與楚辭

2010年3月初版　定價：新臺幣250元

著　者　吳宏一
發行人　林載爵

叢書主編　沙淑芬
校　　對　王允河
封面設計　蔡婕岑

出版者　聯經出版事業股份有限公司
地　址　台北市忠孝東路四段555號
編輯部地址　台北市忠孝東路四段561號4樓
叢書主編電話　(02)87876242轉212
總經銷　聯合發行股份有限公司
發行所：台北縣新店市寶橋路235巷6弄6號2樓
電　話：(02)29178022
台北忠孝門市：台北市忠孝東路四段561號1樓
電　話：(02)27683708
台北新生門市：台北市新生南路三段94號
電　話：(02)23620308
台中分公司：台中市健行路321號
暨門市電話：(04)22371234ext.5
高雄辦事處：高雄市成功一路363號2樓
電　話：(07)2211234ext.5
郵政劃撥帳戶第0100559-3號
郵撥電話：27683708
印刷者　世和印製企業有限公司

行政院新聞局出版事業登記證局版臺業字第0130號

本書如有缺頁，破損，倒裝請寄回聯經忠孝門市更換。　ISBN 978-957-08-3560-1 (平裝)
聯經網址：www.linkingbooks.com.tw
電子信箱：linking@udngroup.com

國家圖書館出版品預行編目資料

詩經與楚辭/吳宏一著．初版．臺北市．
聯經．2010年3月（民99年）．240面．
14.8×21公分．（文化叢刊）
ISBN 978-957-08-3560-1（平裝）

1.詩經 2.楚辭 3.研究考訂

831.18 99002288

聯經出版事業公司

信用卡訂購單

信　用　卡　號：☐VISA CARD ☐MASTER CARD ☐聯合信用卡

訂購人姓名：＿＿＿＿＿＿＿＿＿＿＿＿＿＿＿＿＿＿＿＿

訂　購　日　期:＿＿＿＿＿年＿＿＿＿月＿＿＿＿＿日　(卡片後三碼)

信　用　卡　號：＿＿＿＿　＿＿＿＿　＿＿＿＿　＿＿＿＿　＿＿＿＿

信用卡簽名：＿＿＿＿＿＿＿＿＿＿(與信用卡上簽名同)

信用卡有效期限：＿＿＿＿年＿＿＿＿月

聯　絡　電　話：日(O)：＿＿＿＿＿＿＿夜(H)：＿＿＿＿＿＿＿

聯　絡　地　址：☐☐☐ ＿＿＿＿＿＿＿＿＿＿＿＿＿＿＿＿＿

＿＿＿＿＿＿＿＿＿＿＿＿＿＿＿＿＿＿＿＿＿＿＿

訂　購　金　額：新台幣＿＿＿＿＿＿＿＿＿＿＿＿＿＿元整

（訂購金額 500 元以下,請加付掛號郵資 50 元）

資　訊　來　源：☐網路　☐報紙　☐電台　☐DM　☐朋友介紹

☐其他＿＿＿＿＿＿＿＿＿＿＿＿＿＿＿＿＿＿

發　　　　票：☐二聯式　☐三聯式

發　票　抬　頭：＿＿＿＿＿＿＿＿＿＿＿＿＿＿＿＿＿＿

統　一　編　號：＿＿＿＿＿＿＿＿＿＿＿＿＿＿＿＿＿＿

※ 如收件人或收件地址不同時，請填：

收件人姓名：＿＿＿＿＿＿＿＿＿＿＿＿＿＿☐先生　☐小姐

收件人地址：＿＿＿＿＿＿＿＿＿＿＿＿＿＿＿＿＿＿＿＿＿

收件人電話：日(O)＿＿＿＿＿＿＿＿夜(H)＿＿＿＿＿＿＿＿

※茲訂購下列書種,帳款由本人信用卡帳戶支付

書　　　　　　　　名	數量	單價	合　　計
總　　計			

訂購辦法填妥後

1. 直接傳真 FAX(02)27493734
2. 寄台北市忠孝東路四段 561 號 1 樓
3. 本人親筆簽名並附上卡片後三碼(95 年 8 月 1 日正式實施)

電 話：(02)27683708

聯絡人:王淑蕙小姐(約需 7 個工作天)